KB190976

사랑으로 돌아가기

최영건 산문집

사랑으로 돌아가기

안

차례

열차에서 쓰는 일기

겨울 기차의 창문에서는 종종 눈 쌓인 벌판이 내다보인다. 흰 벌판은 내가 모르는 어떤 삶들로 이뤄져 있다. 나는 그들을 지나 사랑에게로 돌아가기 위해 기차에 오른다. 그 사랑은 오랫동안 집이라는 이름으로 불려왔다. 나는 집으로 돌아가기 위해 기차표를 구입한다. 열리고 닫히는 여러 문을 지나 자리를 찾으며 두리번거린다. 언제나 그렇게 돌아간다. 다시 달아나고 다시 돌아오기 위해 기차에 오른다.

어느 겨울밤 기차를 하염없이 기다린 적이 있다. 오늘밤 더는 어디도 갈 수 없을지 모른다는 사실이 암담하고도 안락했다. 겨울밤 기차역은 무척 추웠다. 두꺼운 옷을 껴입은 사람들이 모여 앉아 있었지만 온기는 생겨나지 않았다. 기록적인 폭설의 밤이었다. 이전에도 몇 번인가 이런 밤이 있었던 것 같았지만, 그게 언제였는지는 기억나지 않았다. 기차를 타며 생활한다는 건 기시감 위에 기시감을 덧쌓는 일이다. 비슷한 밤들이 반복된다. 누구나 얼마큼은 그렇겠지. 그래도 기차를 타면, 나의 떠남과 귀환을 '여행'이라 부르는 차내 방송을 들을 수 있다. 고객님의 여행……. 당신의 여행이 부디 즐겁기를.

카드 앱에 찍히는 기차표의 액수. 매번 같은 숫자들이 나를 빠져나가면 나는 다시 기차에 오를 수 있다. 기차는 이따금 연착되고 폭설은 이따금 기록적으로 내리지만 그래도 언젠가는 다시 출발의 순간이 찾아온다. 암담하거나 안락한 마음의 정적을 깨고 소리와 움직임 가운데로 나아갈 수 있다. 숫자들이 나를 꺼내 좌석에 앉힌다. 차표를 샀으니 기차에 타야만 한다. 타지 못하면 수수료를 물어야 한다. 타지 못하면 달아날 수 없다. 타지 못하면 돌아올 수 없다.

밤 10시가 넘으면 용산역에 입점한 점포들은

어두워진다. 기념품 가게 불이 꺼지고, 빵 가게와 국수 가게, 어묵 가게, 편의점 등도 모두 문을 닫는다. 막차를 기다리는 사람들 사이로 노숙인들이 앉아 멍하니 어딘가를 바라본다. 나는 이따금 편의점에서 음료를 산다. 배가 고플 때면 뭘 사야 할지 몰라 주위를 두리번거린다. 기차를 타는 일에 대해 써야겠다고 생각했을 때, 내가 써야 하는 건 떠남이 아니라 기다림에 대해서이기도 했다. 끈질기고 간절하며 습관적인 기다림을 되새기는 일에 대해.

대학교 3학년부터 기차를 타고 서울과 고향을 오갔다. 익산은 2022년 기준 KTX로 서울에서 한 시간에서 한 시간 반 거리에 있다. 나는 대학을 졸업한 뒤로도 기차를 타고 대학원에 다녔다. 대학원을 졸업한 뒤로도 지금까지 멀리 오가며 지내고 있다. 용산역에서 신촌역을 오가는 노선은 내게 깊이 익숙하고, 경의중앙선 시간표를 보면 기다림이 떠오른다. 기차 안에서 익산은 익산역. 익산역에 다가가면 집이 가까워진다. 집이 가까워진다는 건 그만큼 용산역이 멀어졌다는 뜻이다. 나는 서울에서 달아나기

위해 집으로 돌아가는 걸까. 서울 사람들은 익산을
시골이라 부르곤 한다. 익산뿐만 아니라 거의 모든 지방
도시를 그렇게 부른다. 시골에서 자란 나는 거대한
도시에서 달아나고 싶어지는 걸지도 모른다. 어린 시절을
논밭과 숲으로 둘러싸인 곳에서 보냈으니 그럴 수도 있을
것 같다.

　더 아름다운 기억을 불러낼 수도 있다. 어릴 때 나는
시골 아이, 기차로 두 도시를 오가며 지내던 아이였다.
익산이 아직 이리라는 이름을 갖고 있던 시절, 나는
엄마와 동생의 손을 잡고 기차에 올라 군산에 가곤 했다.
군산역에 도착하면 그 동네에서 근무 중이던 아빠가
우릴 맞아주었다. 아빠의 회사로 따라가는 길에서는
맛있는 것들을 먹을 수 있었다. 빵이나 호떡 같은
달콤한 간식들이었다. 그때 차표를 사는 건 기차가 나를
달콤하고 따뜻한 곳으로 데려갈 거라는 믿음이 담긴
행위였다. 도시의 경계를 넘는 일은 그 자체로 조그맣고
가치 있는 모험처럼 느껴졌다. 그런 기억이 시간이
흘러서도 기차를 타는 일상을 그리워하게 만드는 걸지도

모른다. 서울과 익산은 군산과 익산에 비해 훨씬 멀다.
한편으로 어린 날 느릿느릿 달리던 완행열차에 비할
수 없이 지금 KTX의 속도는 무척 빠르다. 그때 열차에
올랐던 시간과 지금 그렇게 하는 시간에는 큰 차이가
없을 것이다.

　　왜 기차를 타며 지내온 건지, 글을 쓰기 위해 골똘히
생각해보았다. 수년 동안 생각해보았다. 답이 자꾸만
달라지는 것 같고, 또 대충 의미를 부여해버리는 것 같아
쉽게 생각을 정리할 수 없었다. 나는 이야기의 힘을
믿는다. 사람들이 자기 이야기의 존재를 알아차리고
그걸 나누는 일의 가치를 믿는다. 하지만 원고를 쓰기
위해 자기 인생을 무턱대고 서사화할 수는 없었다. 그런
짓을 했다간 한때 내 것이었던 기억들을 영영 잃게 될 것
같았다. 그러니 나는 시간을 들여 고민해야 했다. 한 번
썼던 답을 지우고 다시 지울 수 있는 시간이 필요했다.
일과 일의 틈새에서 글을 쓸 시간을 마련해야 했다. 그건
써내려 간 글을 지우고 다시 또다시 지우는 시간이어야
했다.

그러다 나는 희미하게나마 몇 가지 단서들을
추려냈다. 그리움, 불안, 사랑, 애도, 용기. 온통 감정으로
이뤄진 단서들이었다. 기차를 타고 집을 떠났다가 집으로
돌아가는 것. 도망치고 도망 오는 것. 나는 감정에 귀를
기울이며 감정적으로 살아오고 있었다. 감정을 따라
움직이는 게 얼마나 어리석고 불리한 일인지, 모두가
모두에게 그렇게 가르치는 이곳에서 나는 혼자 수년간
오로지 감정을 따라 행동하는 중이었다. 그건 나의 가장
큰 비밀이었고, 글을 쓰기 위해서는 비밀을 말해야 한다.
모든 것을 지워내리는 시간조차 지울 수 없는 글을 쓰기
위해서는.

집을 떠난 건 대학에 가기 위해서였다. 떠났던 곳으로
처음 돌아간 건 대학 입학 첫해 여름방학이었다. 그때만
해도 내게 익산과 서울은 방학에나 오갈 수 있는 먼 곳들
같았다. 방학을 맞아 나는 주어질 앞날을 어떻게 헤쳐
나가고 견뎌야 할지 생각할 시간을 가지고 싶었다. 그런
시간은 아무리 많아도 부족했다. 그때 나는 그런 시간을
갖는 일이야말로 살아가는 일 자체라는 사실을 알지

못했다. 주어질 앞날이란 주어진 지금이기도 했고,
현재는 미래보다 아득했다.

서울을 떠나 방학을 보내며 무엇을 했는지는 세세히
기억나지 않는다. 나는 연극 동아리에 들어 있었고,
당연히 책 읽기를 좋아했고, 성장하며 너무 큰 걸 잃게
될까 봐 두려워하는 중이었다. 반년 만에 돌아간 익산의
거리는 고요했다. 그 모습이 공연이 사라진 무대와 닮아
보였다. 그때 내게 가장 익숙했던 건 대학교 학생회관의
연극 무대였다. 공연과 분리된 무대는 비어 있어야
하는 공간으로서 무용함을 성질로 갖는다. 일시적인
퍼포먼스 외에는 아무것도 거기 계속 머물 수 없다.
나는 무엇도 머물 수 없기에 비어 있음을 내걸고 마는
무대의 성질에 이끌렸다. 이따금 객석에 앉아 멍하니
그 순도 높은 공백을 보곤 했다. 연기에 서툴렀던 내가
굳이 연극을 했던 건 공연보다도 그런 빈자리를 지켜볼
수 있어서였다. 내가 보고 싶었던 건 비어 있다고 말하는
순간에 거기 있는 것, 남아 있는, 떠나지 않는 것이었다.

무대가 처음부터 비어 있음과 연루된다면, 내가

자라난 거리는 어느 순간 비어버리게 된 곳이었다.

익산역은 구도심에 위치하고 있다. 구도심은

원도심이라고도 불린다. 오래된 것들의 거리를 칭하려 할

때면 무심코 구도심이라는 부름을 먼저 떠올리고 만다.

내가 태어나기 전 이 거리는 부흥해서 화려했다고 한다.

나는 거리의 쇠락과 함께 성장했다. 어느 순간 모든 게 텅

비어가기 시작했다. 극장이, 제과점이, 서점이, 다른 많은

게 사라지거나 빛바랬다. 한번 비어 있게 되자 그 뒤로는

시간만이 겹쳐지는 듯 보였다. 공연이 끝난 무대, 아무도

주워가지 않는 버려진 것들, 그렇게 그 자리에 남겨져

그대로일 듯했다. 그 뒤로 그것이 슬픈 일인지조차

불분명해질 만큼 시간이 흘렀다.

　　그 시간 동안 쇠락한 거리는 내게 비어 있음과 변치

않음이라는 두 가지 미결의 메타포였다. 그 둘 모두

계속되고 거듭될 뿐 결말지을 수 없는 것이었다. 내게는

거리를 일상이 아닌 해석의 대상으로 삼아 독해하는

습관이 길러졌다. 그건 쇠락을 견디려 터득한 요령이기도

했다. 긴긴 시간 허물어지는 것들을 지켜보며 내가

발굴한 평온이란 거리를 이미지와 텍스트로, 전시물로, 상징으로, 기호로 읽는 데서 기원하고 있었다. 그걸 그릇된 독해라고 여기고 싶지는 않지만, 부러 여러 겹의 결을 나의 눈으로 환원하는 읽기이기는 했다. 그렇게 읽어낼 때면 구도심은 나마저도 감출 수 있을 듯이 보였다. 공연이 없는 무대를 멍하니 지켜보는 사람은 관객도 배우도 아니다. 그런 사람을 부르는 특별한 이름은 없다. 빈 무대처럼 비어버린 거리는 이름을 감추고, 부름을 감추는 곳. 그 거리에서는 비어 있음과 변치 않음 사이의 연결이 하나의 비밀, 아이러니, 메시지, 숨겨진 편지가 된다.

　시간이 흐르면서 나는 비로소 내가 읽어온 편지가 나로부터 쓰인 것임을 고백할 수 있게 되었다. 거리는 메타포이고 미결의 기호였지만 미결로 남는 슬픔이 있는가 하면 예상하지 못한 선물들도 있었다. 한낮처럼 떠나고 되돌아오는 온기들이 있었다. 전혀 달라지지 않는 건 없었다. 한때는 분명 달라지지 않을 것처럼 보이기도 했었다. 하지만 순간 뒤에는 순간이, 시절 뒤에는 시절이 이어지기 마련이다. 쇠락한 거리는 쇠락 뒤의 모습들로 연결되었다. 나는 체념과 고집 사이를 오가면서 끈질기게 먼 곳과 먼 곳을 이었다.

아무 일도 일어나지 않는 건 아니었다. 나는 계속해서 나였고, 점점 더 내가 되었고, 그건 겪을수록 생각보다 아늑한 일이었다. 나는 아름다운 것을 염원한다. 글을 쓰는 건 그 사실을 끝내 믿는 일이다.

어떤 흉터는 삶을 결정하는 아름다운 지도가 된다. 내게 그 흉터는 최초의 집이다. 익산은 내 두 번째 집이 있는 곳. 익산의 거리가 나를 남겨둔 채로 떠나듯 쇠락한 장소라면, 익산 곁 '왕궁'이란 시골 동네에 있던 내 최초의 집은 내가 떠나온 어린 꿈이다. 나는 한번 사랑한 곳을 영영 떠나온 적 있는 시골 아이. 그래서 그 뒤로 나는 나의 마음으로부터 떠나지 않기를 고집하게 되었다.

결심이 시간의 궤적을 만든 게 아니라 그 궤적이 결심을 별자리처럼 비춘다.

시골집의 긴긴 베란다, 거기 걸린 엄마의 그림들, 다시 볼 수 없게 된 부드러운 빛깔의 커튼과 그 너머의

자두나무, 사방이 트인 너른 뜰로 이어지는 좁은
흙길(어쩐지 메마름 없이 항상 부드러운 붉은 흙), 그리고
다시, 익산의 이층집, 이 뜰과 여기 수놓아지는 꽃들,
이층으로 이어지는 계단의 책꽂이와 그에 드리워지는
창문 그림자, 집을 나서 역으로 이어지는 길, 역과 역,
역에 다다라 흔들리는 나.

이런 기억들 속에서, 떠나감과 돌아옴 속에서,
나는 내게로 이어지는 길을 발굴해나갔다. 바깥보다는
안쪽을 보는 까맣고 붉고 푸르고 흰 여정이었다. 그
여정의 이정표는 마음이라는 별이었다. 내가 뭘 쓰고
싶은 건지 또렷하지 않아 이 글을 쓰길 오래 주저했다.
어쩌면 기다림일지도 몰랐다. 글을 쓸 수 있는 용기를
끈질기게 길러냈다. 그러다 엄마의 그림들이 놓여 있던
긴긴 베란다와 그 끝의 흰 목마, 그 어린 날의 소망에게로
돌아가고 싶어 기차에 오르는 사람이 되었다. 그렇게
10년 가까운 기차 여행의 시간이 흘렀다. 글을 쓰는 모든
순간이 여정의 복판이었다.

10년 동안 구도심 혹은 원도심이라 불리는 익산의

거리는 조금씩 천천히 변했다. 빛바래던 것들이 더
빛바래 거의 새하얗게 변해버렸고, 정반대의 일들도
일어났다. 낡은 거리에는 새로운 곳들이 생겼다. 길들은
살아 숨쉬며 사람들과 시간에게 자기를 내맡기고 있다.

때로는 거리가 나를 떠났다가 돌아오는 것만 같다.
그런 만남과 이별에 대해 쓰기 위해서는 남겨지거나
사라지는 하나의 목소리, 한 사람, 길과 동네를 단위로
줄어들거나 펼쳐지는 나에 대해서도 써야 한다.

나는 아무것도 없는 곳처럼 보였던 거리의 한 시절을
기록하고 싶었다. 아무것도 없는 곳이 아니라는 말을
하기 위해서일 수도 있고, 아무것도 없어도 괜찮지
않은가 말하고 싶어서일 수도 있다. 거리에는 내내
고양이들이 살고 있었다. 기차를 타고 두 도시를 오가는
이야기를 펼치기 위해서는 고양이들과 개 이야기도
빠뜨릴 수 없다. 집에는 나를 기다리는 한 마리 개와 세
마리 고양이가 있다. 고양이들은 모두 거리에서 왔고
그중 둘은 여전히 거리를 떠나지 않는다.

내 첫 고양이의 이름은 토마스 아퀴나스. 기차와 도시

이야기를 글로 쓴다면 꼭 아퀴나스에 대해 써야 한다. 왜 기차를 타고 집으로 계속 돌아갔느냐고 물으면 나는 으레 집을 좋아해서, 가족들이 있어서, 고양이들을 돌보고 있어서라고 답하곤 했다. 짧은 답을 건네야 한다면 고양이에 대해 말하는 게 좋았다. 그게 모든 건 아니지만 그 대답 안쪽에서 모든 것보다 더 환해지는 모습들이 있었다.

기억 속에서 아퀴나스는 여전히 옅은 연두색 눈으로 대문 안쪽을 들여다보고 있다. 아퀴나스의 새끼 고양이들이 우리 집 창가를 힐끔거린다. 내가 기차를 타고 여기저기를 오가게 된 건 그들이 그때 그곳에 살았기 때문이다. 그들은 거기에 분명히 있었지만, 이 사실은 글로 쓰지 않으면 미결의 비밀을 담은 보푸라기처럼 사라질 것만 같다. 세상은 그런 비밀들, 창가를 기웃거리는 배고픈 고양이들을 두고서 빠르게 변해버린다. 속도는 무게, 속도는 무거움, 속도는 가벼움. 세상의 가벼움은 잔혹해서 고양이들의 가벼움을 등지며 떠난다.

한번은 밥을 먹으러 오지 않는 고양이를 찾기 위해 여러 밤 구도심의 골목을 헤맨 적이 있다. 손전등을 들고 고양이 이름을 부르면 이따금 모르는 고양이들이 나타나 기웃거렸다. 전봇대마다 고양이의 사진이 실린 종이를 붙였다. 한번은 서울에서 전봇대를 보기 어려워졌다는 잡지 기사를 읽은 적이 있다. 이제는 흔치 않은 전봇대들을 볼 수 있는 낭만적인 추억의 풍경을 소개하는 기사였다. 전봇대를 생각할 때면 고양이를 찾던 밤들과, 가족들이 붙인 흰 종이가 일정한 간격마다 팔랑거리던 구도심의 대로가 떠오른다. 나는 매번 그런 기억 속으로 돌아가기 위해 서울을 달아나 기차를 탄다.

이게 다라고 말할 수는 없을 테다. 서울 사람 가운데는 서울 아닌 모든 곳을 시골이라 부르지 않는 이들도 있고, 서울 어딘가에서는 여전히 전봇대를 볼 수 있고, 많은 고양이가 인파 넘치는 거리에서 사람들과 살아간다. 부동산 열풍은 지방이라고 다르지 않다. 어디서나 집들은 허물어지고 새로 지어지는 듯하지만, 어떤 장소들은 나보다 긴 생애를 감당한다. 또 무엇이

있을까. 나열할 수 없을 만큼 많은 일이 저마다의 사정을
감내한다. 그러니 내가 쓰는 것은 나의 일이다.

기차에 올라 매일 먼 거리를 오가는 이들에겐 모두
저마다의 이유가 있을 테다. 기사를 찾아보니 KTX 이용자
수는 2022년을 기준으로 9억 명을 넘어섰다고 한다.
이용자 수 1억 명이 되기까지 3년이 걸렸고 8억 명에서
9억 명이 되는 데는 약 2년이 걸렸다. 승객들이 달린
거리를 모두 더하면 지구에서 태양까지를 760회 왕복할
수 있다고도 한다. 한국철도공사에서는 매일 기차를 타고
살아가는 이들을 위해 정기권을 판매한다. 어떤 이들이
기차를 타고 이 작은 나라를 가로지르고 있다면 그건
그런 삶이 가능하기 때문일 것이다.

나는 평범한 날에도 반쯤은 여행자의 마음가짐으로
지낸다. 평범한 날에도 자주 꽤 먼 거리를 오가기
때문이다. 여행자가 사는 곳은 집이기도 하지만
여로이기도 하다. 나는 지금 막 이 문장을 기차의 간이
좌석에 앉아 썼다. 나의 글은 나와 함께 내내 여행 속에
있다. 나와 함께 집으로 돌아가고, 다시 달아나, 다시

돌아간다. 우리는 살아 있는 매 순간이 여행이라는 걸
안다. 서로에게 항상 그 애길 속닥인다.

　"할 만해요?" 그 물음을 꽤 많이 들었다. 기차를 타고
두 도시를 오가며 지낸다는 애길 하면 듣는 물음이었다.
내 대답은 번번이 조금씩 달라졌다. 대개는 웃으며 점점
더 익숙해져서 이젠 꽤 편하다고 말했다. "영건이 하는 건
어쩌면 퍼포먼스네." 그렇게 읽어내주는 이들도 있었다.
내가 왜 이 여행을 시작하게 되었는지 답해보려 할 때면
그들의 말이 떠올랐다.

　이따금 어떤 사람들에겐 눈 이야기를 들려줬다.

　……때론 폭설이 찾아와 하염없이 오지 않는 기차를
기다려야 했어요. 언제 다시 출발할 수 있을지 알 수
없었죠. 오지 않는 것에 대한 기다림이 너무 길어질 때면
내가 실은 무엇을 하는 건지 알 수 없어지기도 했습니다.

　거기까지 말하게 될 것 같으면 나는 으레 마지막 말을
삼켰다. 그 말은 기차를 기다릴 때만 쓰일 말이 아니었다.
굳이 그 말을 하지 않아도 괜찮다는 기분이 들었다. 이미
서로가 그 말에 귀를 기울여, 그에 소리 없이 답하는

중이었기 때문이다. 그러니 그 말을 삼키고 대신 덧붙여
말했다.

　그런 기다림 속에서 유독 마음 쏟을 수 있는 일들도
있다는 걸 알게 되었어요. 다른 때보다 더…….

　이를테면 기다림 속에서 보는 지난날의 기록들, 가방
속에서 꺼내 읽는 책 한 권, 잠시 동안 이어 쓰는 문장들.

　철로는 검푸르고 이따금 붉은빛이 번뜩이는 어둠에
물들어 있다. 그러다 끝내 기다리는 이들에게로 기차가
온다. 폭설 속에서 얼어붙어 기다리던 이들이 열차에
몸을 싣는다. 기차가 좋은 건 기다리면 언젠가는
도착하기 때문이다. 거기엔 나의 자리가 있다.

　'글을 쓸 때면 시절 속의 시절을 만날 수 있죠.'
언젠가 어딘가에 쓴 문장이다. 그 마음을 계속 만나고
싶어서 글을 쓰고 있는 것 같기도 하다. 쓰려던 게
무엇인지 틀림없이 알고 있다 느꼈던 순간도 있다.
하지만 계속 살아가고 있다는 건 그런 한순간에서 다음
순간으로 간다는 걸 의미했다. 그렇게 온갖 방향으로
연결되었다. 기다림과 만남, 달아나고 돌아오는 순간들

속에서 나는 내가 살아 있다는 걸 계속 믿기로 했다. 계속 알아차리기로 했다.

그건 사랑을 믿는다는 말처럼 들린다. 지금 나는 그것에 대해 쓰고 있었다.

차표와 고양이와 개

첫 고양이에게 토마스 아퀴나스라는 이름을 준 건 걱정
때문이었다.

　　나와 가족들은 바늘 같은 일을 두고도 칼이나 불을
대하듯 불안에 떨고는 했다. 작은 슬픔의 그림자를
밟고 거기 드리워진 큰 슬픔을 발견하고는 했다. 우리의
작은 걸음은 떨림과 함께였다. 그건 사랑하는 운명을
타고난 사람들에게 주어지는 몫이었다. 사랑이 많으면
슬픔도 두려움도 많아진다. 우리는 고양이를 학대하는
사람들을 두려워했다. 흉흉한 동물 학대 소식이 들려오던
시기였다. 고양이 이름을 부르며 밥을 주다가 다른
이에게 그 이름을 들켜 고양이를 위험에 빠뜨리고 만

사연들이 기사로 다뤄지고 있었다.

야옹아. 나비야.

그런 쉽고 다정한 이름으로 고양이를 부르다 보면 고양이는 그 이름을 부르는 이가 저에게 밥과 물을 준다는 것을 배운다. 그러면 악한 사람이 몰래 이름을 외워다가 따로 고양이를 불러내 해코지할 수 있다.

그런 기사를 읽고 얼마 지나지 않아 토마스가 우리 집에 찾아왔다. 뜰이 있는 이층집인 우리 집. 창문 너머 뜰에 새끼를 거느린 토마스가 나타나 어슬렁거렸다. 새끼들은 겁이 많았다가 겁이 없어지기를 반복하며 그저 한없이 어리게 구는 중이었다. 영리하고 용감한 어른 고양이인 토마스는 새끼들을 앞장세워 우리의 눈길을 끌었다. 일부러 창가로 새끼들을 보내 사람들의 시선을 끈 것이다. 영리한 고양이 토마스는 우리가 호의로 가득한 얼굴을 하고 있다는 걸 단숨에 눈치챘다.

우리는 토마스의 계획대로 얼른 밖에 나가 고양이 사료를 사 와 어린 고양이들에게 먹일 것을 마련했다. 토마스는 그날부터 뜰 근처를 떠나지 않았다. 대부분

뜰 한구석에 머물렀고, 잠시 자리를 비웠을 때도 동네를 멀리 벗어나지 않았다. 사료를 주려고, 간식을 주려고, 또 그냥 보고 싶어서 토마스와 새끼들을 부를 일이 생기기 시작했다. 그래서 이름이 필요해졌다. 대신 그 이름은 다른 누가 듣고도 쉽게 외울 수 없는 이름이어야 했다. 혹시나 누가 길에서 토마스를 마주치고 혹시나 해코지하려는 마음을 먹어도 쉽게 따라 하기 어려운 이름이 필요했다.

처음으로 '바깥' 고양이와 사귀게 된 우리의 마음은 그토록 염려로 번잡했다. 그렇게 생각해낸 이름이 토마스 아퀴나스였다. 당시 나는 중세철학 수업을 듣고 난 직후였고, 토마스 아퀴나스의 신 존재 증명을 암기해 기말시험을 치른 참이었다. 아퀴나스는 우리가 신을 인식하지 못한다고 해도 신은 틀림없이 존재한다고 주장했다. 모든 결과에는 원인이 존재하고 우리는 모두 그 사실을 알고 있기 때문이다. 그러므로 이 세계라는 결과에는, 원인이 존재한다. 그에게는 그것이 신이다.

그러나 어떠한 결과에서도 원인이 있다는 것이 명백하게 우리에게 논증될 수 있다. 이렇게 우리는 신의 결과들에서 신이 존재한다는 것을 논증할 수 있다. 우리가 그런 결과들을 통하여 신을 그 본질에 따라 완전하게 인식하지 못한다 할지라도 신이 존재한다는 것을 그 결과들에서 논증할 수 있는 것이다.*

아퀴나스는 모든 결과에 원인이 있다는 사실을 믿었다. 우리라는 결과가 있다면 신이라는 원인이 있기 마련이었다. 아무렴, 토마스 아퀴나스 정도면 누가 쉽게 고양이를 어르며 꼬드길 이름은 아닐 게 분명했다. 그가 무슨 말을 했는지보다는 그의 이름이 한국어에서 흔하지 않은 발음이라는 게 중요했다. 그래서 내 첫 고양이 이름은 토마스 아퀴나스가 되었다. 아퀴나스라는 이름에는 불안과 애정이라는 원인이, 그 원인에는 아퀴나스라는 이름의 고양이로부터 긴긴 시간 이어질

* 토마스 아퀴나스,《신학대전 I》, 정의채 옮김, 바오로딸, 2014, 147쪽.

계보라는 결과가 존재했다. 누가 얼핏 듣는 것만으로는
단번에 따라 하기 어려운 이름을 붙여줬어야 하는
고양이. 유독 동그란 얼굴에 연두색 눈을 가진, 영리하고
용감한 삼색 고양이.

　토마스의 새끼들은 처음에 이름이 없었다. 그러다
차츰 생김새가 이름으로 굳어졌다. 남자애는 회색이었고
여자애는 얼룩이었다. 회색이는 회색 털에 더 진한 회색
줄무늬가 있는 밝은 레몬색 눈동자의 고양이. 회색이는
활발하고 겁이 없었다. 겁이 없어서 세상 무서운 줄
모르는 고양이가 될까 봐 걱정이었는데 괜한 생각이었다.
회색이는 토마스를 닮아 놀랄 만큼 영리했다. 반대로
얼룩이는 겁이 많았다. 얼룩이는 흰 털에 갈색과 검정색
무늬가 누비이불처럼 얼룩덜룩 누벼진 삼색 고양이.
방학이었던 나는 기다란 고무줄을 가지고 뜰에서 종일
새끼 고양이들과 놀았다. 내가 줄을 흔들면 고양이들이
날아올라 줄 끝의 작은 인형을 낚아채고 물어 당기는
낚시 놀이였다. 회색이는 항상 신이 나서 낚시에
빠져들었지만 얼룩이는 눈만 빛낼 뿐 내게 잘 다가오지

못했다.

뜰에 깔린 잔디와 돌 밑으로 자라나는 풀, 엄마
아빠가 가꾸는 화초들. 그 가운데서 고양이들이 이리저리
뛰어다니는 풍경을 언제까지고 기억할 수 있을 것만
같다. 모든 일을 세세히 그대로 기억한다는 뜻은
아니다. 쓸려나가고 깎여나간 부분들로 인해 기억은
더 영롱해진다. 일시적인 감각들로 이루어졌던 기억이
부서지며 애정이 그 무너진 자리를 대신한다.

방학이 끝나면 나는 학교로 돌아가야 했다. 새끼
고양이들이 자랄수록 토마스는 집을 자주 찾지 않았다.
혼자서 어딘가로 자주 사라졌다. 새끼들은 어미를
붙잡으려 애쓰다 더는 이전처럼 지낼 수 없다는 사실을
깨달았다. 얼룩이는 낙담했고 회색이는 호기심이
가득해졌다. 성장은 모든 걸 이전과 똑같을 수 없도록
만든다. 나는 서울로 돌아가 대학을 마쳐야 했고
회색이는 동네를 벗어나 먼 곳까지 가기 시작했다. 한
학기가 지나자 여름은 가을로, 겨울로 변했다. 첫눈이
내릴 즈음 새끼들은 더는 마냥 어리지 않았다.

겨울방학을 맞은 나는 다시 집으로 돌아갔다.
토마스 아퀴나스는 몇 차례 길게 모습을 감추고는 어느
순간 집으로 돌아오지 않았다. 우리는 남겨진 두 어린
고양이들을 집에서 기르고 싶어 애를 태웠다. 한번은
집 안에 들어온 고양이들을 시험 삼아 내보내주지 않아
보았다. 회색이와 얼룩이는 방충망에 매달려 자지러지듯
울어댔다. 순식간에 공포에 질려 그들이 알아온 세계로
돌아가고자 몸부림쳤다.

우리는 겁에 질린 고양이들을 붙드는 데 결국
실패했다. 고양이들은 바깥으로 돌아갔다. 서서히 그리고
빠르게 자라났다. 그들은 우리 집 뜰을 떠나고 동네를
떠났다. 이따금 돌아와 밥을 먹고, 잠을 자고, 다시
떠났다. 가깝지만 아주 멀기도 한 고양이들의 영토로
사라졌다. 나는 그러지 못했다. 겨울이 끝나기 전, 나는
집을 떠나 학교로 돌아가는 대신 휴학을 택했다.

끝나지 않는 시절 속에 머물고 싶었다. 돌아갈
곳이 분명한 만큼 떠난 뒤엔 돌아올 수 없는 곳 역시
분명하게 느껴졌다. 그건 장소이자 시간이었다. 나는

언젠가 사랑했던 것들과 작별하게 될 걸 알고 있었다.
그래서 뜰을 떠난 고양이들을, 그 사라짐의 흔적까지
끝내 지켜보고 싶었다. 누군가는 그런 일을 하기 위해
살아간다는 걸 믿고 싶었다.

　나에 대한 모든 게 아직 더 희미하던 시절이었다.
중요한 건 내가 그 어린 고양이들을 사랑한다는
사실이었다. 그리고 그들은 나를 사랑하지 않았다. 적어도
내가 그들에게 바란 방식으로는 그러지 않았다. 어린
고양이들은 도시를 사랑했다. 나는 그들의 온기에 기대어
투명하게 삶을 비워내보고 싶었지만, 그들은 나와 달리
부지런히 자라나고 있었다. 어린 고양이들은 구도심의
인적 드문 거리를 탐색하길 원했다. 버려진 곳 가운데
그들을 기다리는 숙명이 있다는 듯이. 부지런히 그것을
살아내야만 한다는 사실을 나보다 먼저 깨달아버렸다는
듯이.

　그리고 남겨진 나는 개를 만났다. 단편소설을 응모해
신인상을 탔다.

내 개의 이름은 오이.

오이는 내 개가 스스로 고른 이름이다.

오이는 처음에 아주 잠깐 다른 이름으로 불렸다. 하지만 이름을 불러도 그저 신이 난 얼굴로 엉뚱한 방향을 바라볼 뿐, 주어진 이름에 별 관심이 없었다.

첫날 잠시 썼던 이름은 모로. 나는 내 개나 고양이에게 꼭 모로라는 이름을 줘야겠다고 생각하고 있었다. 언젠가 꿈에서 어떤 고양이가 내게 다가왔고, 그 꿈속에서 나는 고양이를 모로라고 불렀었기 때문이다(아마도 귀스타브 모로에서 따온 이름). 그래서 나는 처음에 오이를 모로라고 불렀다. 하지만 오이는 꿈이 아니라 현실이었다. 꿈속 이름이 아니라, 현실의 내 가족이었다.

우리는 오이를 여러 이름으로 불러보았다. 모로에서 시작한 이름의 나열은 소금, 콩알, 모모, 땅콩, 코코, 브람스, 영순이, 용순이 같은 종잡을 수 없는 의식의 흐름 속에서 한참 이어졌다. 오이가 온 다음 날 오전, 어린 개를 둘러싸고 수많은 이름을 불렀던 기억이 난다.

가족들의 의식 속에 어떤 단어들이 떠다니고 있는지를
새삼 알게 된 시간이었다.

　개의 이름이 자칫 타조나 찹쌀 같은 것이 될 뻔한
순간이었다(타조는 순위가 꽤 높았는데 오이가 듣고서
움찔하는 반응이라도 보여줬기 때문이다). 우연히 오이라는
단어가 튀어나왔는데(나는 내가 말한 것 같지만 여기에
가족들이 동의할지 모르겠다), 오이가 드디어 반응을
보였다. 오이라는 이름 쪽으로 눈을 맞추고 펄쩍거린
것이다. 그때 오이는 귀가 무척 커다랗고 다리는
가느다란 강아지여서 펄쩍거린다는 말이 정말 잘
어울렸다. 덩치가 커진 지금은 그때에 비해 훨씬 멋지게
뛰어오르기 때문에 더는 펄쩍거린다는 표현으로 오이를
대접할 수 없다.

　처음으로 오이라고 불렀을 때, 오이는 드디어 이름을
납득하는 태도를 보였다. 개에게는 그런 표정이 있다.
오이에게는 그런 표정이 있다. 만족을 드러내는 오만한
얼굴. 모로와 오이의 차이에 나는 잠깐 당황했다. 그러다
순식간에 새 이름이 좋아졌다. 내가 붙여준 게 아니라

개가 직접 고른 이름이라는 사실이 마음에 들었다. 그 뒤로 차차 알게 되었지만, 오이는 겁이 많고 온순하나 어떤 문제들에 대해서는 고집이 세다. 어떤 문제에는 자기 뜻을 고집하기 위해 모든 걸 무릅쓴다.

나는 오이를 사랑하기 때문에 오이에 대해 쓸 때 어떤 식으로든 애정을 담아 말할 수밖에 없다. 그러니 오이의 못된 점, 융통성 없는 점, 여러모로 단점에 가까운 부분마저도 다정하게 그리고야 말 것이다.

나는 오이만큼 나를 닮은 존재를 만난 적이 없다. 엄마와 아빠마저도 나와 절반 정도만 닮았는데 오이는 온통 나를 닮았다. 이 말은 나만의 고백이 아니다. 가족들은 오이에게서 자기를 본다. 아빠는 오이가 자기를 닮았다고 하고, 때로는 오이에게서 이제 여기에 없는 이의 얼굴을 발견한다고 말한다. 얼마 전 엄마는 오이를 위해 자신이 태어난 것 같다는 말을 했다. 그건 커다란 말이었다. 동생은 오이에게서 자기를 본다는 말을 잘 하지 않는다. 동생은 그런 말을 미소 뒤에 숨기는 사람인 듯하다.

오이와 내가 같이 살게 된 건 휴학 중의 일이었다.
그 뒤로 내 고집 센 개, 나를 닮은 개가 서울이 아닌
익산에서 살기를 고집하지 않았다면 나는 기차 타는
생활을 하지 않았을지도 모른다.

오이는 익산을 좋아했다. 모로가 아닌 오이로 살기를
고집했듯, 서울보다 익산의 거리를, 무엇보다도 익산의
가족을 좋아했다. 나는 오이와 살고 싶었다. 오이를
행복하게 해주고 싶었다.

오이는 전주의 펫숍에서 왔다. 그전까지 나는
내가 펫숍에서 개를 데려오게 될 거라고는 생각하지
않았다. 개와 살게 된다면 버림받은 개를 가족으로 맞을
생각이었다.

그날 나는 가족들과 전주로 나들이를 간 참이었다.
그러다 고양이 캔 사료를 사려고 들른 펫숍에서 오이를
보았다. 오이는 파양된 강아지였다. 다른 개가 있는
가정에서 오이를 데려갔다가 그 개가 오이를 물어뜯는
바람에 파양했다고 했다. 태어난 지 4개월을 넘긴 오이의

이마에는 사라지지 않을 상처가 있었다.

오이는 그곳에 있는 아주 어린 강아지들에 비해 덩치가 커져버린 뒤였다. 둥그런 울타리 속에 오이와 어린 개 한 마리가 더 있었다. 어린 개는 장난기 많은 성격인지 오이를 계속 따라다니며 짖고 귀나 목덜미를 깨물어댔다. 오이는 피하는 기색이 역력했다. 다친 이마를 건드려도 펫숍 주인은 어린 개를 저지하지 않았다. 오이는 지나치게 말랐고, 지쳤고, 겁에 질려 보였다.

오이는 다른 손님들이 오가도 눈길을 돌리는 법이 없었다. 내가 그 사실을 알고 있는 건, 다른 용품을 둘러보는 척하며 오이를 훔쳐보았기 때문이다. 그러다 오이와 눈이 마주쳤다. 나는 그날 펫숍 주인이 한 말들을 거의 신뢰하지 않지만 오이가 유독 내게만 눈길을 주고 꼬리를 흔들었다는 말은 믿는다.

나는 원래 사려던 고양이 용품을 산 뒤 차로 돌아와 가족들과 상의했다. 원래 개를 데려올 마음이 없던 것은 아니었고 조만간 유기 동물들을 보러 갈 계획이었다. 하지만 펫숍에서 개를 데려오는 건……

결국 우리는 가게로 돌아가 오이를 데리고 나왔다.
남겨진 오이가 그대로 더 자란다면 닥쳐올 미래를
그려보고 싶지 않았다. 오이는 비글이다. 나는 개의 종에
대해 이야기하는 걸 싫어하지만, 특정 종의 어떤
개들이 처하는 끔찍한 환경에 대해 암시하기 위해서는
언급하지 않을 수 없다.

병원에 데려가 검진을 해보니 오이는 영양실조에
해당할 정도로 말라 있었다. 수의사에게 개를 학대하고
있지 않느냐는 눈총을 받아야 할 정도였다. 펫숍에서
우리에게 일러준 식사량은 터무니없이 적은 것이었다.
펫숍에서는 오이가 다 자라봤자 4킬로그램일 것이라고
말했다(구글 검색 기준 다 자란 비글의 몸무게는 보통
8에서 13킬로그램 정도이다). 오이의 최근 몸무게는
13킬로그램이다(겨울이면 고구마 때문에 전국의 많은 개가
포동포동해진다는 이야기를 들은 적 있다).

시간이 좀더 흐른 뒤 오이가 발톱을 다쳐 엑스레이를
찍을 일이 있었다. 그때 처음으로 오이가 오래전
발가락이 부러진 적이 있지 않느냐는 의사의 물음을

들었다. 나는 그런 정보를 들었던 적 없다. 어쩌면 오이는 파양 당시 이마 외에도 발까지 다쳤던 것일지도 모른다. 하지만 치료 기록은 없다.

나는 오이가 겪은 일들을 모두 알지 못한다. 내가 아는 건 우리가 만난 뒤의 일들이다.

그날 오이는 집으로 오는 차 속에서 내 품에 아주 얌전히 안겨 있었다.

종종, 아주 잠깐씩 두 가지 일을 후회한다.

하나는 그날 자외선 차단제를 바른 내 얼굴을 오이가 그냥 핥도록 두었던 일이다. 가끔씩 오이가 탈이 나면 그날 오이가 그걸 핥아 먹어서 그런 건 아닐까, 쓸데없고 터무니없는 후회를 한다.

다른 하나는 처음 오이를 두고 그냥 숍을 나와버렸던 일이다. 그때 나와 가족들에게 펫숍에서 개를 데려오는 일은 너무도 뜻밖의 일이었다. 우리에겐 상의할 시간이 필요했다. 그럼에도 나는 숍 문을 닫고 나서는 우리 뒷모습을 보는 오이의 표정을, 마치 본 것처럼 상상하고는 한다.

실제로 내가 본 건 숍으로 다시 들어설 때 우리를
보던 오이의 표정이다. 순식간에 환해진 얼굴……
그 순간 오이는 기뻐 보였다. 나도 그랬다.

오이는 나를 닮았지만 가끔 나보다 영리하다. 오이는
마치 처음 만난 순간부터 내가 자기 가족이 될 거라는
사실을 알아챘던 것 같기도 하다. 그럴지도 모른다.
물론 그게 오이가 모든 면에서 영리하다는 뜻은 아니다.
가끔은 어쩌다 이렇게 바보 같은 개와 살게 된 건지
궁금하기도 하지만, 그게 오이가 나를 닮지 않았다는
뜻은 아니다.

오이는 나와 가장 닮은 존재다. 우리에겐 분명 그렇게
느끼는 순간이 있다.

이상하게도 첫 고양이들과 지낸 기억, 오이와 처음
같이 살게 되었던 시절의 기억에서 나는 줄곧 따스한
날들 속에 있다. 변하지 않을 계절 같다. 뜰은 항상
초여름의 녹음으로 싱그럽다. 백합이 피기 직전이고,
수국이 붉고 푸르게 변해간다.

수국 그림자는 지나간 초여름 비로 검다. 뜰의
흙에서는 따뜻한 습기와 지워지지 않는 저 깊은 아래쪽의
한기가 동시에 전해져 온다. 손끝으로 뜨거운 흙을
파고들면 서늘하고 눅눅한 여름의 땅속에 닿는다.

뜰의 흙에서 맥이 뛰는 느낌을 받은 적이 있다. 그건
땅속에서 오롯해진 나의 맥박이었을 것이다.

오이는 처음에 흙에 발을 디디지 못했다.

무슨 일에든 겁이 많았다.

어릴 때 겪은 일들 때문인지 얼마 전까지만 해도
오이는 다른 개들도, 다른 사람들도 좋아하지 않았다.
하지만 낯선 이들에게 소리 내서 짖거나 사납게 구는
일은 한 번도 없었다. 다른 개들이 오이에게 다가와
킁킁거리면 오이는 얼른 내 다리 쪽으로 얼굴을 돌리고
상대에게 카밍 시그널calming signal을 보냈다. 등을 돌리는
건 당신을 해치지 않겠다는 의미이자, 지금 혼자 있고
싶으니 그냥 지나가달라는 의미의 신호다. 오랫동안
오이의 카밍 시그널은 섬세하고 약간 긴장된 것이었다.

요즘에는 조금 변했다. 아주 가끔은 다른 개들과 서로
코를 킁킁거리기도 한다.

나는 늦봄에 오이를 데려와 초여름에 단편소설을
써서 응모했다. 여름이 무르익을 무렵 신인상 당선
연락을 받았다. 휴학이 끝날 즈음이었다. 학교로 돌아갈
때가 되어 나는 여러모로 마음이 번잡했고 그건 나쁜
일은 아니었다. 오이는 소설과 함께 내게 왔구나.
스치듯이 그런 생각을 했던 기억이 난다.

당선된 소설은 내가 두 번째로 쓴 단편으로, 성장하기
싫어하는 이들이 등장한다. 맨 처음 썼던 단편은 이전
학기 창작 수업의 과제였고, 카페를 운영하는 노인들의
이야기였다. 노인들은 쇠약함의 길목에서 서로를
위로한다. 성장하기 싫어하는 이들도 서로를 위로하려
하지만 위로에는 성장이 필요하다.

여름이 끝나며 나는 서울로 돌아가야 했다. 성장하기
위해서였다.

오이는 서울을 별로 좋아하지 않았다. 물론 처음에는

무조건 신나 하던 때도 있었다. 막 서울에 도착했을 때다.

휴학이 끝나고 나는 오이와 함께 서울로 돌아갔다. 처음 한 달 정도는 정신없이 지나갔다. 나는 다시 학교에 다녀야 했다. 이제는 연극이 아닌 문학 동아리 활동을 하고 있었고 소설도 더 붙잡아볼 생각이었다. 사실 동아리 출석은 거의 하지 않았다. 나는 수업을 들으러 학교에 가야 할 때나 허겁지겁 글을 쓸 때를 제외한 모든 시간을 오이와 보냈다. 주위 사람들은 나와 뜸하게 얼굴을 보고, 뜸하게 연락을 주고받는 데 익숙했다. 그래도 괜찮다고 여겨준 사람들만 곁에 남아서였다.

오이와 나, 동생은 셋이서 함께 지냈다. 나와 별반 다르지 않게 동생도 오이에게 빠져들었다. 동생은 연애하는 데 무관심해졌다. 그때까지 관심 있던 모든 게, 이 천진난만하고 소심한 개를 중심으로 변화했다. 모든 게 너무나 빠르게 변해가고 있었다. 우리는 오이를 사랑하며 모든 변화를 살아냈다.

그때 우리는 오이를 보며 비로소 스스로를 보았다.

이정표 없이 무언가를 사랑한다는 게 뭔지 기억해내고
잊지 않을 수 있었다. 우리는 오이가 사랑하는 것들을
사랑했다. 혼자 있는 걸 좋아하는 오이, 조용한 산책을
좋아하는 오이, 재즈는 싫어하고 클래식은 좋아하는 오이,
밤 10시가 넘어가면 모든 음악을 소음으로 여기는 오이.

오이와 내가 크게 다른 건 음악과 향기 취향이다.
오이는 쓴 냄새는 싫어하고 달콤한 냄새만 좋아한다.
녹차와 커피는 질색한다. 거기에는 어떤 의도도 없다.
오이는 값비싼 향수에 질색할 수 있고 길가의 풀포기에
하염없이 몰두할 수 있다.

서울에서의 생활은 그다지 나쁘지 않았다. 장학금을
받았고, 이런저런 일들로 돈을 벌 수 있었다. 그 당시를
요약해서 쓸 때면 어쩐지 소설에 등장하는 인물이라도
된 기분이 든다. 수업을 듣고, 책을 읽고, 글을 조금 쓰고,
오이와 산책을 한다. 요리와 빨래와 청소를 하고(나보다
동생이 더 많이 했다), 배변판을 치우고, 아마도 과외를
하나 했던 것 같다. 그 기억은 조금 희미하다.

나는 생활의 규칙들을 지키는 데 그럭저럭 부지런한

편이었다. 개와 살기에 부적절한 사람은 아닌 셈이었다.
그러다 학기 중 어느 긴 연휴에 엄마 아빠가 서울로
찾아와 우리를 익산의 집에 잠시 데려갔다. 내게 집은
항상 그곳뿐이니 집을 익산의 집이라 부르는 건 실은
불필요한 부연이다.

　서울에서도 행복해 보였던 오이는 집에 돌아오자
더없이 신나 했다. 내가 그곳을 집으로 여기듯 오이도
그랬다. 그리고 연휴가 끝나 서울로 왔을 때, 오이는 돌연
우울해졌다. 달라진 건 딱히 없었다. 수업을 듣고, 요리와
청소와 빨래를 하고, 글을 조금 쓰고, 생활비를 조금 더
벌고, 오이와 산책을 했다. 그러나 서울로 돌아온 뒤로
오이는 산책을 나서기 싫어하고 나가서도 시무룩하게
돌아오기 일쑤였다.

　침대 머리맡에서 몸을 둥글게 말고 고개를 박고 있는
오이가 선연하다. 불만스럽게 축 처진 꼬리. 고집스럽고
순하고 생각 많은 내 작은 개.

　오이가 속상해하는 건 우리가 집을 떠나서였다.
어린 개의 계산 없는 마음에는 집이 가득했다. 한차례

떠났다가 한차례 다녀오니 더는 떠나 있고 싶지 않은
듯했다. 여기가 어디고 거기가 어디인지, 오이는 다른
누구보다 분명히 알고 있었다.

　개의 셈속에 없는 것들이 사람의 셈에는 있다.
　그즈음 당연하게도 나는 여기가 어디인지, 내가
어디로 가는 중인지 헷갈려 하는 중이었다. 어지러운
이름들이 주위를 맴돌았다. 어떤 건 내가 갈망하던
이름이었고, 어떤 건 딱히 고려해본 적 없는 이름이었고,
어떤 건 타인들이 붙인 이름이었다. 집에 대해서도
그랬다. 삶의 여러 투자에 대해 원하지 않아도 배워야
했다. 지방에서 살던 이들이 서울로 상경했을 때
흔히 맞닥뜨리게 되는 여러 상황과 감정이 내게도
무관하지만은 않았다.
　서울에 사는 사람이 지방을 시골이라 부르는 걸 처음
들은 건 오래전 사촌을 통해서다.
　서울에서 찾아온 어린 사촌은 우리 집을 시골집이라
불렀다. 어린 나는 서울 사람들은 서울 말곤 어디든

시골이라 부르는 것 같다고 생각하게 되었다. 나는
시골을 좋아했다. 지금의 이층집으로 이사하기 전까진
시골에서 어린 시절을 보냈고, 가끔은 그곳이 사무치게
그리웠다. 그럼에도 사촌의 말에 담긴 위계를 눈치채지
못하진 않았다.

　시간이 한참 흘러 대학에 입학한 뒤엔 조금 다른
방식으로 사촌의 말과 비슷한 말을 들었다.

　대학의 동기들이 우연히 우리 집 사진을 보았다.
엄마와 아빠가 가꾼 뜰 사진이었다. 눈 내린 뜰, 흰 대문,
목재로 지어진 뜰의 길, 빨간 우편함, 웃고 있는 나. 그중
대부분이 가족들이 직접 고르고 만든 것이었다. 그러다
어느 동기가 좋은 집처럼 보인다고 칭찬하며 이런 집을
서울에서 구하려면 얼마나 들지…… 훨씬 비쌀 거라며
한숨을 내쉬었다.

　집을 생각하며 값을 먼저 말한다는 사실을 나는
서울로부터 배웠다. 살아가려면 배워야 한다. 살기
위해서는 알아야 한다. 깨달아야 하고 성장해야 한다.
올바른 투자로 장래를 모색해야 한다. 값을 재고 매기는

법을 배워야 한다. 하지만 배움은 때로 모든 걸 앗아가는
것처럼 느껴졌다. 사랑을 투자로 대할 수는 없다. 나는
지난날을 사랑했다. 집이 여기에 있다는 사실을 사랑했다.

시골은 땅값이 싸다. 시골이든 아니든 지방의 집
대부분은 서울의 집과 같을 수 없다. 하물며 주택은 더
그렇다. 그곳은 낡아가고, 인적이 드물어질 것이며, 투자
가치가 없고, 사라져가기 때문이다.

사라짐에 있어서는 사실 서울도 다르지 않다. 서울은
낡아가지만 낡은 것을 없애는 방식으로 거듭 새로워진다.
그럼에도 낡음과 사라짐이 덧씌워지고 덧씌워진다는
점에서는 더없이 상실의 더께로 짓눌려 있다.

오이는 집으로 돌아가고 싶어 했다. 거기가
어디인지를 분명히 알고 있었다.

오이의 바람이 몹시도 투명해서 나는 비로소 그
투명함에 비추어 나의 바람을 들여다볼 수 있었다. 나도
집으로 돌아가고 싶었다. 따스한 뜰의 흙과 풀로, 물기로,
그늘과 환한 햇빛으로 얼룩진 거실로, 적막한 곳에서의

독서로, 먼지 쌓인 키 큰 책꽂이들에 꽂힌 빛바랜 책들로,
인적 드문 거리와 사라진 고양이들에게로 돌아가고
싶었다.

계절은 계속 바뀌는 중이었다.

학기가 끝나기 전 우리는 집으로 돌아갔다. 오이는
다시 서울로 돌아가지 않아도 되었다. 나는 먼 곳에서 먼
곳으로 통학을 시작했다.

아퀴나스가 찾아왔던 2013년 여름, 회색이와
얼룩이가 뜰을 떠나기 시작한 2013년 겨울, 그해 겨울
대학 친구들과의 연극, 내가 휴학하고 오이와 가족이 된
2014년 봄, 소설을 발표한 2014년 늦여름, 복학, 다시
겨울.

나는 집에서 기차를 타고 대학에 다니기 시작했다.
겨울방학이 되었고, 다시 봄이 되었고, 계속 기차를 타고
대학에 다녔다. 주 2일 KTX를 타고 익산역을 출발해
용산역에 도착했다. 졸업까지 밀린 학점이 많지는 않아

이틀만 학교를 나가는 게 가능했다. 연강을 들어야
했지만 괜찮았다. 용산역에서는 경의중앙선을 타고
홍대역으로 가서 2호선 신촌역으로 한 정거장을 더
움직였다. 기차에는 언제나 내 자리가 있었다. 차표를
구입하면 한 주에 이틀 여행자가 될 수 있었다. 즐거운
여행이 되시기를.

　가장 피로해지는 건 의외로 열차 안에서가 아니었다.
지하철 신촌역에서 내가 다닌 대학 입구까지는 예상보다
멀고 지루하다. 학교 입구에서 주로 수업을 듣던
문과대학까지는 더 멀다. 겨울이 봄으로 바뀌는 시기가
되면 교정은 시든 풀과 먼지투성이다. 부옇고 누렇고
흐리멍덩하다.

　가장 싫은 건 뙤약볕이 쨍쨍 내리쬐는 계절이었다.
학교 정문에서 문과대학까지 걷는 길이 눈이 멀 것
같이 뜨겁게 달궈지고는 했다. 교문에서 교실까지 걷는
길에 비하면 기차를 타는 건 즐거웠다. 뙤약볕 속에서
성공에 대한 야심과 의욕으로 가득한 학생들을 지나쳐
걷는 건 즐겁지 않았다. 삶을 생각하며 투자에 대해서만

말하는 이들이 도처에 즐비한 것만 같았다. 내 사랑이
별 설득력을 갖지 못하는 거리. 어쩌다 대학원까지 가게
된 건지 알 수가 없었다. 취업하기 싫어서 그렇게 된 것
같기도 하지만, 그보다는 무겁게 쌓여 있는 책들 사이에
내 앞날이 있을 거라고 예감했던 듯하다.

　　교문에서 교실까지 걷는 게 얼마나 싫은지 아무리
얘길 해도 사람들은 대개 기차에만 주목했다. 기차를
타고 그 먼 길을 오간다는 사실만을 힘들게 여겼다.
정말로 힘든 건 그게 아니었다. 그건 거의 힘들지 않았다.
끝까지 그 점에는 관심 가지지 않으려 드는 이들이
있어서, 그래서 어쩌다 보니 고집스레 이 글을 쓰고 있는
것 같기도 하다.

　　이해하지 않으려는 이들에게 이 이야기는 설득력이
없다. 내가 쓰는 나의 이야기에는 설득력이 부족하다.
왜 그랬는지, 왜 그렇게 지낸 건지 아무리 글을 써도
아득해진다. 지나간 시간이 없던 것처럼 희미해진다.
설득력이 사라진 자리에 내가 붙잡으려 했던 감정이
있다. 내가 사랑했던 것이 있다. 내 사랑이 남아서 기억이

되고, 여전히 내가 되고 있다.

겨울이 지나고 봄이 되어도 집을 떠나지 않게 되자
오이는 만족했다. 자기 이름에 만족했듯 나의 통학에
만족했다. 나는 어린 시절 읽은 그림책들 옆에 이제 막
산 책들을 더해나갔고, 엄마와 아빠가 가꾸는 것들의
이름을 더 알게 되었다. 수십 종 넘는 백합과 수국,
길러보고 싶어 외우는, 피어 있거나 아직 가져본 적 없는
꽃의 이름들.

나는 오래된 이층집의 계단에 더 많은 흠을 새길 수
있었다.

한번은 수많은 발길이 더해져 낡고 헤진 계단
모서리를 새로 희게 칠해야겠다는 의견이 오갔다. 나는
원하지 않았다. 칠은 언제든 새롭게 할 수 있었지만
지운 발길들을 되살릴 수는 없었다. 나는 온갖 헤어짐에
집요하게 긴 시간을 들이기를 고집했다. 나도 내 개만큼
고집이 셌다. 우리는 특이했고 서로를 좋아했다.

때론 특이하다는 말이 견딜 수 없게 꺼림칙하다.

특이하다는 말을 들을 때면 외톨이가 되는 기분이 든다. 특이하다는 말을 아무렇지 않게 좋아할 수 있는 사람들은 사실 특이하지 않을 거라는 생각도 든다. 하지만 돌이켜 이 글을 쓰다 보니, 나는 어쩔 수 없이 특이하다. 왜 내가 퇴행하고 성장하며, 달아나고 돌아오는 방식으로 지내온 것인지, 정말로 알고 있는 건 내 개 정도일 거라는 생각이 든다. 오이라는 이름을 자기가 고른 고집스러운 개. 나를 혼자 남겨두지 않는 개.

그리고 시간이 조금 더 흐른 뒤, 나를 남겨두고 뜰을 떠났던 고양이들이 어느 순간 뜰로 돌아왔다. 고양이들은 특이하다는 말이 외롭게 들리든 아니든 그런 데엔 별 관심이 없다. 그들의 관심은 그들만큼 홀연하고 뻔뻔하고 부드럽다.

돌아온 얼룩이는 새끼를 배고 있었다(여기서부터 우리와 얽힌 고양이들의 진정한 계보가 시작된다). 새끼들은 태어나 자라서 거리로 떠났고 나는 계속 기차를 탔다. 돌아오고 다시 돌아온다. 헤어지지 않고 싶어서 길고 긴 이별 속을 산다.

동생은 늘 고양이들을 좋아했다. 나처럼 고양이가
우릴 버렸느니 어쨌느니 하며 한심하게 굴지 않았다.
그 바보 같고 약한 존재들을 약한 그대로 돌봤다. 물과
밥을 주고 간식을 주고 병원비를 마련했다. 멀쩡한 집을
사줘도 들어가지 않아서 매번 뜰 구석에 종이박스로
탑을 쌓았다. 박스 보급을 맡은 건 주로 엄마 아빠였다.
대형마트에 장을 보러 갈 때면 잊지 않고 쓸 만한 박스를
챙겼다. 수년이 지나자 엄마 아빠는 고양이들이 머무는
탑을 짓는 직공이자 장인이 되었다. 모든 구질구질하고
맥 빠지고 고된 일들이 이 예기치 못한 사랑의 뒤를
따랐다.

이러니저러니 하면서도 우리 가족은 떠나고 돌아오길
거듭하는 고양이들에게 다시 마음을 줬다. 나는 이따금
고양이라는 존재가 어처구니없다. 당연하게 모든 걸
요구하고, 내가 바라는 건 내주지 않는다. 먹이 값과
병원비, 뜰의 배변만을 떠안긴다. 어느 날 홀연히
찾아오길 그치며 온갖 좋지 못한 가정을 떠올려보게

만든다. 잘린 꼬리의 상처를 걱정하도록 만든다. 수습하지
못한 시신을 잊지 못하도록 만든다.

　고양이들이 드디어 내게 먹이 값과 병원비, 털과
배변 따위가 아닌 다른 걸 내준 건 시간이 한참 흐른
뒤다. 2019년에 얼룩이가 낳은 새끼 고양이 한 마리가
집으로 들어왔다. 이번에는 다른 앞선 고양이처럼 내보내
달라고 비명을 지르지 않았다. 뜰에서 그 어떤 앞선
고양이보다 더 가까워졌기 때문이다. 새끼 고양이의
이름은 시루떡. 털은 희고 노랗게 얼룩덜룩하다.

　시루떡이 태어나 오이와 같은 침대를 쓰기까지, 나는
계속 기차를 타며 대학을 다니고, 책을 내고, 대학을
마치고, 프리랜서가 되어 살면서 가장 즐거운 시간을
보내다가, 놀랍게도 공부가 그리워져 대학원에 가서
다시 책을 냈다. 얼룩이는 중성화 수술을 했고, 이제는
세상을 떠났다. 지금 뜰에는 얼룩이의 마지막 새끼들이
있다. 이제는 그들도 마냥 어리지 않다. 그들은 여전히 집
안에서 살길 거절한다. 여전히 거리로 나선다. 시루떡은
오이와 같은 침대에서 잔다. 그건 내 침대이기도 하지만

내 자리는 아주 작다.

    기차를 타고 통학을 하면서 나는 여러 번 옆자리
승객을 도왔고, 한두 번 정도 주위 사람과 짧게 다퉜고,
한 번 크게 불쾌한 일을 겪었다. 안전을 위협받고 있다는
느낌은 받은 적은 없다. 작은 연착을 여러 번 겪었고, 큰
연착을 네다섯 번쯤 겪었다. 그중 한 번은 기차에 몸을
던진 이가 있어 생겨난 연착이었다. 나는 통학이 아닌
여행 중에, 다른 나라에서도 그런 연착을 겪은 적 있다.
KTX의 밤과 도쿄 지하철의 밤은 그런 막막함 속에서
서로 닮는다.

    내가 왜 기차를 타고 먼 길을 오가는지 쓰기 위해선
도착이 아닌 기다림에 대해서부터 써야 한다. 그건
사라진 고양이들을 기다리는 시간에 대해 쓰는 일이다.
집으로 돌아올 나를 기다리는 개의 시간에 대해 쓰는
일이다. 그리고 기차에서 모르는 이의 죽음이 처리되기를
기다리는 시간에 대해 쓰는 일이다. 오지 않는 기차를 눈
내리는 밤 하염없이 기다리는 일에 대해 쓰는 일이다.

기다림에 대해 쓰기 위해 나는 사랑을 떠올린다.
사랑에 대해 쓰기 위해 기다림을 떠올린다. 쓰기 위해
나를 보고 있다. 잊히지 않는다는 말이 과장처럼 들리던
때도 있었지만, 지나고 보니 잊히지 않는 기억들은
정말로 있었다. 그중에는 계절 너머로 기울어지는
혼자만의 밤들이 존재한다. 고양이에게로, 개에게로,
가족에게로 돌아가기 위해 탔던 새벽과 밤 기차의
순간들이 거기에 있다.

　나는 영원히 변하지 않을 듯 찬란하고 다정한 여름의
기억으로부터 달아나기 위해 기차에 몸을 실었다가,
간절히 돌아가고 싶어 다시 기차에 몸을 싣는다.

여행자의 모습

어릴 때 사촌 언니들과 인형 놀이를 한 적 있다. 초등학교
1, 2학년 무렵이었을 테다. 언니들이 새로 선물 받은
커다란 이층집 인형 세트를 보여주었다. 역할극을 하려면
여러 인형 중 하나를 고르고 여러 옷 중 하나를 골라 입혀
마땅한 모습을 꾸며야 했다.

　한 언니는 커다란 이층집의 주인이 되어 파티를
열기로 했다. 다른 언니는 그 파티의 주빈이 되기로
했다. 그 커다란 집에서는 매일 파티가 열렸다.
엉뚱하게도 나는 여행자를 하겠다고 했다. 여행자는
드레스 대신 망토 하나로 몸을 대충 감싸고 어딘가 먼
곳을 돌아다니는 이였다. 품에는 요기를 할 빵 한 덩이.

나는 내심 빵 말고 다른 것 하나가 더 있으면 좋겠다고
생각했다. 무엇인가 아주 중요한 것인데 그게 뭔지 더
생각하기는 부끄러웠다.

여행자가 된 나는 어딘지 모를 먼 곳을 한참 누비다가
드물게 훌쩍 언니들의 파티에 찾아갔다. 그러고는 따듯한
홍차를 마시고 맛있는 걸 먹었다. 그러다 다시 안녕,
인사를 나누고 포옹을 하고 여행길에 올랐다. 품에는 빵
한 덩어리, 그리고 아직 무엇이라 또렷이 정하지 않은
아주 중요한 것 하나가 있었다. 여행자가 꾸릴 건 그걸로
충분했다. 어릴 때 내가 가장 좋아하던 역할은 그런
것이었다.

기차에 오르는 이들은 매번 여행의 안녕을 기원하는
차내 방송과 함께한다. 여행자들의 모습은 대체로
평범하다. 정장을 차려입은 사람이 있는가 하면 등산복
차림이거나 수면 잠옷에 외투를 입은 사람도 있다.
기억에 남는 것 중에는 모형 정원을 짊어진 사람의
모습도 있다. 커다란 배낭 옆 주머니에 꽃과 채소 모양

볼펜들을 잔뜩 꽂은 사람이었다. 분홍, 노랑 꽃과 초록,
주황 채소들이 가득해서 걸어다니는 정원 같았다.

　단체 승객들이 으레 보이는 활기도 인상적이다. 함께
있을 땐 시끌벅적해서 슬쩍 눈살이 찌푸려지지만, 나란히
앉아서 속닥거리는 (귓속말 같지만 소리가 꽤 크다) 중장년
승객들의 상기된 기색은 귀여운 데가 있다. 아기들도
그렇다. 앞 좌석에 아기가 앉을 때면 꼭 한두 번쯤 좌석
틈새로 뒤를 돌아보는 아기와 눈이 마주치곤 한다. 그럴
때마다 아기들의 표정은 다들 비슷하다. 네가 날 보고
있고, 나도 널 보고 있다는 이 놀랍고도 멍한 사실에
압도된 얼굴이다.

　기차 좌석 뒤쪽에는 접이식 선반이 있다. 좌석을
찾아 앉은 다음 나는 맨 먼저 가방을 벗는다. 겉옷이
묵직해지는 겨울에는 외투도 벗어 갠다. 외투는 머리
위 공용 선반에 올려두고 가방은 좌석 뒤 선반을
펼쳐 올려둔다. 가방에 든 게 너무 많을 땐 쓸 물건만
꺼내두기도 한다. 가방은 머리 위 공용 선반으로
보내거나, 그게 귀찮을 땐 옆구리에 밀쳐둔다.

선반은 편하지만 번거롭기도 하다. 이 여정이 몸에
밴 나는 기차에서 긴장을 풀고 글을 쓰거나 책을 읽는다.
그러다 내릴 역이 코앞이라는 방송에 퍼뜩 선반에 꺼내둔
걸 가방에 쓸어 담는다. 선반 중엔 연결 부분이 특히나
뻑뻑한 것들이 있다. 그걸 허둥지둥 접으려다 보면
잘되지 않아 애를 먹을 때가 잦다. 다른 승객의 손이나
옷깃, 가방이 선반과 부딪히는 일도 주의해야 한다. 툭
떨어져 데굴데굴 굴러간 조그만 물건을 찾기란 쉬운 일이
아니다.

한번은 안경을 잃어버린 적이 있다. 안경을 벗어
선반에 올려두었는데 어쩌다 떨어뜨리고 말았다. 허리를
굽히고 좌석들 아래로 굴러떨어진 안경을 찾아보았지만
보이지 않았다. 그렇게까지 작은 물건도 아닌데 어찌 된
건지 영문 모를 노릇이었다.

저녁 기차는 등이 켜져 있지만 충분히 환하지 않다.
어둠은 사람들이 오가지 않는 모든 구석에 배어든다.
하필 내릴 때가 다 되어 떨어뜨린 것이라 안경을

찾지 못한 채로 기차에서 내려야만 했다. 대학가 지하
통로에서 급하게 맞춘 갈색 뿔테 안경. 렌즈를 포함해
80,000원 정도 하는 물건. 익숙한 알림과 가스 배출음이
울리며 기차의 문이 열렸다. 사람들이 줄지어 하차하기
시작했다. 나는 끝까지 어두운 구석을 살폈다. 그러다
아무것도 발견하지 못한 채로 허겁지겁 기차에서 내렸다.

역에 내려서는 역무원에게 사정을 설명했다. 초겨울
저녁이었다. 나는 역무원실로 안내되었다. 용산역의
역무원실에는 들른 적 있었지만 익산역은 처음이었다.
용산역 역무원실에 갔던 건 지갑을 집에 두고 와서였다.
수년 전 그때엔 빈털터리인 내게 역무원실에서 무언가
좋은 수를 내주었던 것 같다. 그게 뭐였는지는 기억나지
않는다. 요전번에 또 지갑을 깜박해 거길 방문하니
이번엔 해줄 수 있는 게 딱히 없으므로 휴대전화가
있다면 택시를 부르는 게 좋겠다는 답을 들었다.

안경을 잃어버려 익산역 역무원실을 찾았던
크리스마스 직전의 그날, 역무원실은 유독 아늑했다.
칸막이들이 설치되고 컴퓨터들이 놓인 평범한

정경이었는데도 미묘한 따스함이 있었다. 아마 군데군데
조그만 크리스마스 장식이 놓여 있어서 그랬던 것 같다.
역무원분의 친절 덕분이기도 했다. 잃어버렸던 안경은
하루이틀 지나 무사히 찾을 수 있었다. 그러다 또 어느
다른 날 어디에선가 영영 잃어버렸다.

기차에 오르면 잠시 동안만 만날 수 있는 것들과
마주친다. 초여름 한낮에 기차를 탄 날, 저 멀리 가득
떠 있던 흰 구름을 본 적 있다. 어느 날이든 구름을 볼
수 없는 날은 드물다. 그런데도 그날이 유독 기억에
남은 건 그렇게 완벽한 구름은 처음이었기 때문이다.
그 아름다움이 조금은 당혹스러웠다. 가까워지지도
멀어지지도 않을 듯 멀리 떠 있던 새하얀 구름들…….
기차를 타고 가다 보니 어느새 모두 사라져 있었다.
  아름다운 풍경이 지나가듯 덜 아름다운 풍경도
지나간다. 구름이 그렇고 마을도 그렇다. 끝없이 펼쳐질
것만 같지만 금세 사라진다. 서로 닮은 늪지대와 강,
숲과 마을이 있고 처음에는 그 모든 게 비슷하게 보인다.

그러다 더 오래 들여다보면 당연히 그렇지 않다는 걸
알게 된다. 언젠가 모든 역에 한 번씩 들르고 싶다는
마음도 생긴다.

　오래전 이리역, 지금의 익산역 역사에는 검고 동그란
시계가 하나 있었다. 평범하고 고전적인 원형 벽시계로
내가 아주 어릴 때 매번 시간을 읽곤 하던 시계다.
검은 테두리 안에 시계판이 들어 있고 반듯한 바늘 세
개가 움직인다. 내 기억 속에는 시계의 초침이 있지만
실제로는 없었을지도 모른다.

　익산역은 여러 번 크고 작게 모습을 바꾸었다.
익산역과 관련된 가장 널리 알려진 사건은 아마 '이리역
폭발 사고'일 테다. 자료에 따르면 이리역은 1912년 문을
열었다. 1977년 한국화약주식회사의 호송원 한 사람이
수송 지연에 항의하다 술에 취해 양초를 들고 화물칸에
들어가 잠이 들었고, 그 화물칸에는 다이너마이트가 실려
있었다. 처참한 폭파 사고 이후 이리역은 1978년 새로
준공되어 1995년 익산역으로 명칭이 바뀐다. 2015년

구역사가 철거되며 신역사가 들어선다.

손인호의 1956년 노래 〈비내리는 호남선〉의
배경이 되는 곳이 이리역이라는 이야기도 있다. 그
곡이 발표되고 몇 달 뒤 독립운동가이자 정치인이었던
신익희 선생이 선거 유세를 위해 기차로 이동 중에 돌연
쓰러져 이리역 앞 병원으로 이송되고 얼마 지나지 않아
타계한다. 이후 〈비내리는 호남선〉은 신익희 선생을
애도하는 물결 속에서 한층 크게 유행했다고 한다.
1956년의 일이다. 그로부터 2년이 지난 겨울, 나의 아빠가
이곳에서 태어난다. 언젠가 아빠는 신익희 선생이 생전
마지막으로 머무른 병원에서 그를 애도하는 기념 액자를
보았다고 한다.

나는 이리가 이리였을 때 초등학교에 입학했다.
그러다 이리라는 이름 대신 익산이란 이름을 써야 한다는
걸 배웠다. 동물인 이리와 똑같은 이름이었던 게 좋아서
깊이 아쉬웠다. '이리裡里'라는 이름이 정말로 어떤 의미를
지닌 건지 알게 된 건 그로부터 훨씬 더 긴 시간이 지난
후다. 그리고 그 이름 뜻 덕분에 내 글의 소제목 하나가

정해졌다. '비밀의 마을'.

오래전 이리역에는 검고 동그란 시계가 걸려 있었다. 그때 나는 옆 도시 군산에서 회사를 다니던 아빠를 만나러 엄마와 동생과 셋이서 자주 기차를 탔었다. 군산은 엄마의 고향이기도 하다. 겁 많은 나의 엄마가 두 도시를 오가려 매번 기차를 타곤 했다는 게 돌이켜보니 신기하다. 지금은 사라진 옛 역사에서, 그녀와 그녀의 어린 두 딸이 크고 까맣고 동그란 벽시계로 시간을 확인했었다. 아마도 매번 조금 긴장했을 것이다.

옛 역사가 허물어지고 새 역사가 들어설 거라 했을 때, 내가 맨 먼저 떠올린 건 이 시계였다. 시계는 늘 역사 안쪽 한가운데에 걸려 있었다. 그곳을 그려보라 한다면 가장 먼저 그리게 될 터줏대감 같았다. 어느 먼 도시들의 유서 깊은 기차역에는 흔히 커다랗고 아름다운 시계들이 자리하곤 한다. 내겐 이리역의 검은 시계가 조금 그랬다. 눈에 띄게 아름다운 것은 아니었지만, 한 자리를 오래 지켜온 물건다운 분위기가 있었다. 역사를 새로 지을

거란 말에 더는 그 시계를 볼 수 없을 거란 생각이
들었다. 한편으론 어쩌면 누군가가 그 시계를 새 역사에
다시 걸어둘지 모른다는 생각도 스쳤다.

정작 새로운 역사가 문을 연 뒤 나는 그 시계가
돌아와 있는지 확실히 확인하려 들지 않았다. 구역사보다
환하고 커다란 신역사, 그 중심부의 승강장 입구에는
디지털 전광판이 걸려 있다. 나는 역사에 오래 머무는
경우가 거의 없었다. 시간에 맞춰 역에 도착해서는
곧바로 승강장으로 내려가곤 했다.

오래된 기차역 시계에 얽힌 이 일련의 기억의
기이하고 애틋한 구석은 어쩐지 분명 그 시계를 다시 본
것만 같다는 데 있다. 새 역사가 들어선 지 얼마 지나지
않아서의 기억이다. 어쩌면 환상일지도 모른다. 새로
지어진 역사 흰 벽에 그 오래된 시계가 걸려 있는 게
눈에 들어왔다. 누군가 시계를 역에 되돌려놓은 것이
분명했다. 그 모습에 나와 같은 생각을 한 누군가가
있다는 안도감이 들었다. 비록 나 또한 아날로그 시계의
시곗바늘보다는 전광판의 숫자들로 시간을 확인하곤

하지만, 어떤 사물의 역할은 그가 아직 그곳에 있다는 데
있기도 하니까. 누가 시계를 저기 다시 두자고 한 건지
궁금했다.

　　나는 이 반가운 기억, 또는 환상을 오랫동안 희미하게
일렁이는 채로 두었다. 다시 한번 틀림없이 시계가
거기 있는지 확인하려 들지 않았다. 그렇게 수년이
지났다. 시계가 사라졌다고 해도 슬픈 일은 아니다.
거기 있었다는 사실이 잊히지 않을 뿐이다. 모든 게
흐름 속에 있다는 사실이 전해질 뿐이다. 그 느낌은
아무도 없는 조용한 호수로 혼자 걸어 들어가는 것처럼
차분하다. 혼자가 아니어도 괜찮다. 누군가 곁에서
종알거리고 있어도, 멀리서 호숫가를 뜀박질하거나
물장구를 치는 아이들 웃음소리가 들려와도 좋다. 그런
호수의 서늘하지만 너무 차갑지는 않은, 적당히 미지근한
물속으로 천천히 걸어 들어간다. 물은 일렁이며 묵직하다.
시계는 이제 없다. 있었던 것들이 이제는 없다. 새로
지어진 익산역은 유리창들이 새파랗다. 호수는 그런
사실로 이뤄져 있다. 거기에는 물의 흐름이 존재한다.

여기까지 쓰고 나서 드디어 나는 익산역 역사의 안쪽 벽을 똑바로 둘러보았다. 사방을 돌아보아도 오래된 벽시계는 보이지 않았다. 그건 정말 여기에 없었다. 나는 휴대전화로 모바일 티켓을 한 번 더 확인하고 기차를 타러 승강장으로 내려간다. 그렇게 여기는 계속 여기가 된다.

기차를 타며 유달리 상냥한 여행자가 되어본 날도 있다. 옆자리의 아주 작은 할머니를 만난 밤이었다.

아마도 초겨울, 여느 때처럼 집으로 돌아가기 위해 밤 기차를 탔다. 들고 있던 가방을 객실 좌석 위 짐칸에 올려놓고 의자에 앉으려 했을 때였다. 통로 쪽인 내 좌석에 가방을 올려두고 계셨던 안쪽 좌석 할머니가 내게 "죄송합니다"라고 말하며 가방을 치우셨다. 평소라면 무수히 바뀌어온 옆자리 사람에게 주의를 기울이지 않았을 것이다. 그런데 다른 이들이 흔히 묵묵하게 가방을 치웠을 그 순간에 할머니는 사과를 하셨다. 그 순한 사람에게 눈길이 갔다. 나는 할머니께 짐칸으로 가방을 올려드리겠다고 말씀드리고 그렇게 했다.
할머니는 다시 감사 인사를 하셨다.

　할머니는 아주 작았다. 노년에 이르러서만 가질
수 있는 종류의 천진한 표정을 갖고 계셨고 차림새가
포근했다. 나는 돌아가신 할아버지를 떠올렸다. 그를
떠올려버린 순간 자연스럽게 살가운 청년이 되었다.
할머니는 내게 어디까지 가는지를 물으셨고 나와
행선지가 같다는 걸 알게 되자 반가워하셨다. 그러다
아마도 내가 먼저 이런 말들을 했던 것 같다. 피곤하면
주무셔도 괜찮아요. 도착하면 깨워드릴게요. 의자 안쪽
아래에 손잡이를 당기면 의자를 눕힐 수 있어요. 여기에
있어요. 제가 해드릴 수 있어요.

　할머니는 꾸벅꾸벅 조셨고, 기차는 유독 조용했고,
그러다 졸음에서 깨어나실 때마다 할머니는 조금씩
살아온 이야기를 꺼내놓으셨다.

　죽음들에 대한 이야기가 있었다. 할머니의 몸에서
나와 먼저 세상을 떠난 이가 있었고 여전히 여기에
있는 이들이 있었다. 남편과 아들이 먼저 떠난 이곳에서

여전히 그와 딸들이 살아가고 있었다. 이제 그는 딸들을 다 키워 마음이 편하다고 했다. 딸들은 다 큰 뒤로도 훨씬 더 자라 이젠 자기 아이들을 기르고 있었다. 그건 할머니가 내게 건네는 이야기이자 한편으로 그 고요한 밤 열차에게, 거기 있던 이들의 숨죽인 듯한 침묵에게 건네는 이야기였다. 이야기가 밤의 덜미를 쓰다듬고 있었다.

여행 중에는 우연을 빌려 홀연히 경계를 넘는 마음들이 있기 마련이었다. 내게 그날 밤이 그랬다. 그녀에게도 그랬던 것 같다. 짧게 흘렀다가 황급히 닦이는 눈물이 있었다.

모든 게 애틋하기만 했다는 뜻은 아니다. 할머니는 기차에서 내리기 전 내게 직업을 물으셨다. 학교는 어딜 나온 건지도 물으셨다. 나는 웃으며 아리송한 대답을 꺼냈다. 문학을 공부했어요. 그 뒤로 몇 개의 질문이 더 뒤따랐다. 어떤 건 답하기 쉬웠지만 어떤 건 그렇지 않았다. 우리는 같은 역에서 내려 서로 다른 출구를 향해 헤어졌다. 할머니는 용돈을 주고 싶어 하셨지만

나는 받지 않았다. 나는 그녀를 더 멀리까지 데려다주고
싶은 마음이 들었다. 하지만 이번에는 그녀가 나를
거절했다. 너무 미안한 일은 부탁할 수 없다며, 그녀는
종종걸음으로 반대편 입구를 향해 사라졌다. 기다리는
이가 있으니 염려하지 말라는 말이 마지막이었다. 나는
그 뒷모습을 잠깐 지켜보다 자리를 떴다.

　이승에서 물러난 사람들에 대한 이야기를 들었구나.
짧게 우는 사람을 보았구나. 그런 생각이 들었다.

　할머니는 내가 국문과를 졸업했다는 말을 듣고
작가가 되어야 한다고 하셨다. 글을 써야 해. 그렇지
않으면 너무 아까우니까. 아마도 그런 말이었다.

　하지만 할머니, 이미 모두가 모두를 쓰는 세상인걸요.
모두가 안간힘을 쓰며 쓰고 있어요. 소망하던 이야기를
살아내려 애쓰고 있어요. 자기가 견뎌온 이야기를
해명하고 있어요. 말들은 충분하고, 넘쳐흐르는 중이고,
그런데도 애처롭도록 부족하죠. 물론 저도 저에 대해
쓰고 있어요. 살아가기 위해선 모두에게 이야기가

필요하지 않은가요?

그러니 아시겠지요. 저는 당연히 쓰고 있어요, 저에
대해서. 당신이 그러하듯이.

이게 제가 떠나고 돌아오는 방식일까요?

그런 대답이 부질없을 고요한 겨울밤이었다.

돌아온 나를 본 아빠는 내가 피곤해 보인다고 했다.
어쨌든 나는 기분이 좋았다. 할머니의 뒷모습을 기억하고
싶었다.

기차에서 누군가와 다툰 적도 있다. 한번은 새벽
잠결이었다. 대학을 다니던 시절, 1교시 수업을 들어야
했던 나는 6시 16분에 출발하는 기차를 타곤 했다. 그
시간대의 기차에서는 승객 대개가 잠들어 있다. 간혹
깨어 있는 승객도 있지만 그게 나일 때는 별로 없었다.
그러다 어떤 날엔가, 아마도 기차표 예매 경쟁에서
뒤처져 4인용 좌석에 앉게 된 날이었을 것이다.

KTX에는 4인용 좌석이 있다. 그 좌석에서는 네
사람이 둘씩 나란히 마주 보아야 한다. 그 사이에는 네

사람이 간신히 짐을 올려둘 만한 너비의 접이식 테이블이
있다. 테이블 아래로는 네 쌍의 신발이 모인다. 공간은
좁고 함께 앉은 이들은 낯설다. 가족 여행에서라면 앉고
싶을 좌석이지만 모르는 이들과는 그렇지 않다. 혼곤한
새벽 기차에서는 더욱 그렇다. 잠든 사람들은 온몸이
잠들어 팔도 다리도 널브러지기 일쑤이기 때문이다.
그러니 내가 다툰 건 잠과 피로 탓이 컸다.

　　잠든 채 4인용 좌석 아래를 독차지해버린 아주머니
한 분이 있었다(내가 쓰는 글이니 내 입장에서 돌이켜
보자면 나는 참을 수 있는 만큼 참았다). 견디다 못해
아주머니를 깨워 다리를 둘 곳이 없다고 호소하니
아주머니는 성을 내며 다시 잠을 청하셨다. 그 일은
지나가는 열차 승무원에게 어려움을 말한 뒤에야
해결되었다. 나는 다른 좌석으로 안내받을 수 있었다.

　　아주머니는 다시 깨어나 잠시 모두에게 들리도록
성을 내다가 곧 다시 잠들어 조용해졌다. 아마도 그랬던
것 같다. 사실 나는 이미 다른 좌석으로 옮겨간 뒤라서
그다음에 그녀가 어찌했는지는 알지 못한다. 그녀의

모습도 기억에 거의 남아 있지 않다. 잠든 얼굴도 화내던
얼굴도 모두 지워졌다. 다만 테이블 아래 내 좌석에
닿도록 뻗어 있던 운동화만은 희미하게 기억에 남아
있다.

그 운동화는 깨끗하지 않았고 구겨져 있었다. 때 묻은
흰색이었던 것도 같고 밝은색이었던 것도 같다. 검은색의
유명 브랜드 운동화였던 것도 같고, 목이 높았던 것도
같다. 무엇이든 피로가 묻어나는 신발이었다. 나는 그런
신발을 한참이나 미움을 담아 바라보았었다. 얼굴이
아니라 신발을 보았던 그 새벽의 기억이 내게 남겨졌다.
이리저리 다니며 마주쳤던 익명의 수많은 신발의 인상,
거기에 내 집요하고 지친 눈길이 겹쳐 있었다. 결국
기억에 남은 건 타인의 모습이 아니라 나의 눈길인
셈이었다.

더 심각한 일도 있었다. 한번은 열차에서 포르노
영상의 소리를 들은 적이 있다. 누군가 작지만 차내
전체에 들릴 만큼 또렷한 음량으로 포르노인 게 틀림없는

소리를 틀어두고 있었다. 실수인지 고의인지 가늠하기
어려웠다. 한참 동안 비명 비슷한 여자 목소리가
반복적으로 이어졌다. 나는 오래 참지 못했다. 곧
일어나서 좌석들을 돌아보며 소리가 나는 곳을 찾기
시작했다.

　　동생과 같이 열차에 탄 날이었다. 혼자였다면 이
일을 잊기가 좀더 쉬웠을지도 모른다. 동생이 있어 이
일은 틀림없이 우리가 겪은 사건이 되었다. 내 마음대로
각색할 수 없는, 과장할 수도 축소할 수도 없는 사건이
되었다는 뜻이다. 그때 동생은 자리에서 일어나던 나를
말렸다. 동생의 표정은 기억나지 않는다. 내가 몹시 화가
나버렸기 때문일 것이다.

　　나는 자리에서 일어나 승객들 사이로 난 복도를
걸었다. 누가 대체 뭘 보는지 좀 알아야겠다는 듯이 좌우
사람들을 관찰했다. 그런데 포르노 화면을 켠 사람이
아무도 없었다. 깨어 있는 누구도 그걸 보고 있지 않는데
어디선가 계속 소리가 흘러나왔다.

　　결국에 나는 목소리를 높여 어디서 이상한 소리가

들린다고, 무대에서 독백을 하는 배우처럼 중얼거렸다. 내
자리로 돌아가서도 그렇게 했다.

끝내는 그러다 어떻게 되었더라. 아마 그렇게 몇
번 화가 나서 크게 중얼거리고, 그러다 돌연 소리가
중단되었던 것 같다. 내 분노 어린 독백을 들은 누군가가
잠에서 깨어나 자기 휴대전화에서 나오던 소리를 멈춘
것일 수도 있다. 아니면 조금 더 의도적인 악의가 있었을
수도 있다.

그 소리의 근원지가 어디인지 영영 알 수 없게
되었다. 혹시 내 분노가 일부러 그 소리를 켜둔 누군가의
일그러진 포만감이 된 것은 아니었을까? 그런 의문이
남기도 했지만 그 의문에 덜미를 붙들리고 싶진 않았다.
그만한 악의를 가진 사람의 인생은 불행이다. 이미
불행이라면 내가 그의 불행에 더 연루될 필요는 없었다.

동생은 그날 이야기만 나오면 나를 혼낸다. 약한
사람들끼리 서로를 지키려 혼을 내는 것이다. 꼭
조심해야 한다는 얘기로 우리는 기억을 나눠 짊어진다.

　한번은 이유 없이 주어진 지연 속에 돌연 갇히기도
했다. 기다림은 무료했다. 겨울밤 기차는 내가 한 번도
내려본 적 없는 역에 멈춰 서서, 예고 없던 기다림 속으로
모두를 끌어들였다. 나는 집으로 돌아가는 길이었다.
그날따라 기다림 속에서 읽을 만한 변변한 책 한 권
없었다. 휴대전화를 보며 시간을 죽이기에도 피곤했다.
막연한 기다림은 곧 피로감으로, 답답함으로, 신경질로
변했다. 그렇다고 대단히 성질을 내기에도 애매한
시간이었다. 20분 정도 지난 뒤였을 것이다. 열차 내에
방송이 나왔다.

　누군가 선로에 뛰어들었다. 저기 열차 바깥에, 나를
싣고 가던 열차로 스스로를 지운 누군가가 있었다.
그 떠난 누군가의 무게가 지워지는 중이었다. 열차는
부딪히면 죽음을 가져오는 쇳덩이, 많은 걸 지워버리는
속도. 이곳은 어둠의 일부였다. 발밑이 아득했다.

　나는 집에 전화를 걸어 투신 사망 사고가 있어 언제
다시 출발할 수 있을지 알 수 없다고 전했다. 그 뒤로
수십 분이 더 지났다. 한 시간 가까운 시간이 지난 뒤

열차는 그곳을 떠났다.

그 뒤로도 나는 매번 같은 열차에 올랐다. 선로를
따라 몇 번이고 되풀이해 그 자리를 다녀갔을 것이다. 그
역이 정확히 어디였는지는 기억나지 않는다. 기억나는
건 그때 내가 한없이 들여다보았던 차창의 창틀 정도다.
창틀 너머, 이 프레임의 바깥에 어둠이 있다는 선명한
감각만이 내게 남아 있다.

이런 이야기들 속에서, 나는 여기로 돌아와 글을 쓰며
계절들을 맞이한다.

6월, 블루베리가 어디에 있는지 물으면 오이는 뜰을
내다보곤 한다. 뜰에서는 블루베리 나무가 잎을 기르고
열매를 맺는다. 크지도 작지도 않은 그 나무는 언젠가
받은 내 생일 선물이다.

뜰에서 들어온 고양이 시루는 나날이 몸집이
커져간다. 시루는 시루떡이라는 풀네임을 가진 희고 노란
고양이. 토마스 아퀴나스의 손녀로, 아퀴나스만큼이나
용감한 여자아이. 시루가 가장 좋아하는 건 종이를 구겨

만든 조그만 공이다. 계단 아래로 공을 던지면 영리한
시루는 뛰어내려가 공을 입에 물고 돌아온다. 턱을
쓰다듬으면 영롱한 노란 눈을 사랑으로 번뜩인다.

시루는 오이와 가끔 코를 맞댄다. 시루는 가끔
오이를 살짝 건드리곤 달아나고 오이는 자주 시루 뒤를
쫓는다. 시루는 고양이치고 목청이 아주 크다. 시루는
사진 찍어주는 걸 좋아하지만 오이는 전혀 그렇지 않다.
시루는 내 가슴에 누워 잠을 자고 오이는 내 다리 사이에
누워 잠을 잔다. 잠든 동물들은 따뜻하고 평소보다
무르다. 코들마저 따스해진다.

올해에도 또 한차례 생일들이 지나갔다. 이제는
여름도 지나가는 중이다. 나무에는 여전히 블루베리들이
달려 있다. 이번 여름은 참 무더웠고 때가 되면 그
무더위도 지나갈 것이었다.

어느 여름, 도쿄의 밤 열차에 갇힌 적이 있다. 그때도
선로에 사람이 뛰어들었다.

사람이 죽어 열차가 멈췄다. 문은 잠시 열리지

않았다. 안내 방송은 조금 늦게 나왔다. 열차에 갇힌
승객들은 조용했다. 웅성이지도 당황하지도 않았다.
낯선 고요, 애도에 가까울 만큼 밀도 높은 침묵이었다.
나는 동생과 함께 여행 중이었다. 우리는 서로를 마주
보았다. 마침 내게 한국에서 영상 통화가 걸려왔다. 그
순간 두 시공이 뒤틀리듯 선뜩하게 틈을 내비쳤다.

그 밤 열차의 좌석 시트와 창문틀, 좌석 끝에 달려
천장과 바닥을 잇는 금속 기둥, 여름밤 도쿄의 홀연하고
습한 정적, 그들을 감싸안은 고요. 그건 그곳 바깥의
이들로부터 한 발짝 물러난 시공이었다.

영상 통화를 걸어온 이는 오랜만에 연락을 준
고등학교 친구들이었다. 그동안 연락이 끊어지다시피
한 이들에게 그 밤 열차의 상황을 돌연 털어놓기란
어려운 일이었다. 나는 웃으며 몇 마디를 주고받다가
여행 중이라는 말로 인사를 마쳤다. 통화를 마치니 다시
주위가 조용해졌다. 당연히 언젠가는 다시 열차의 문이
열릴 터였다. 그럼 나는 호텔로 돌아가게 될 테지만, 그
순간만큼은 그 모든 게 아득해졌다.

저 밖은 까맣고 더웠고, 그곳에서 조금 전 누군가가
죽음을 맞았다. 그의 생이 끝났다. 그 사실을 살아
있는 내가 정말로 이해할 리 없었다. 열차의 문이 무슨
이유에서인지 잠시 가느다랗게 열렸다 닫혔다. 그 가는
틈새로 까만 어둠이 보였다. 내가 본 건 환상이었다. 다시
까마득한 시간이 흘러 열차 문이 활짝 열렸을 때, 환히 불
켜진 승강장이 보였다.

그 어둠은 무엇이었을까.

이제는 그때 그 열차의 의자 시트가 갈색이었는지
초록색이었는지도 기억이 흐릿하다.

이런 기억들은 지금도 나와 그곳을 연결하는 듯싶다.
그곳은 여행자의 밤 안쪽에 있다.

우리가 메타포라면 열차는 연결의 메타포이자
소멸의 메타포. 이곳에 있던 것이 열차의 속도만큼
빠르게 사라지고, 그다음이, 다시 그다음이 사라진다.
그렇다면 그것은 다음으로, 그다음으로 이어지는 탄생의
메타포이기도 할 것이다. 연결, 사라짐, 태어남, 연결,

태어남, 사라짐, 연결, 사라짐, 사라짐, 사라짐, 태어남.

자꾸만 연착들이 터져 나오던 겨울을 지나, 이 글을
쓰기 시작한 뒤로는 기차를 타며 이전에는 전혀 짐작할
수 없었을 생각들에 휘말렸다. 많은 것이 계속 달라졌고
여름 폭우와 함께 다시 돌연 연착들이 생겨났다.
폭설보다는 기다림이 짧았다. "비 때문에
30분 늦었네요." 그런 사과를 하며 늦는 약속이 몇 개쯤
생겨났지만 폭우 때문에 생기는 일에 화를 내는 사람은
없었다. 모두가 여기에서 함께 장마철을 지나 보내고
있었다. 사람과 가축들이 비로 여기를 떠났다. 죽음이라는
말이 넘쳐났다.
무더운 날 달려오는 기차에서는 쇳덩이와 더위
냄새가 난다. 추운 날에는 냄새가 바뀐다. 겨울 기차는
따뜻하고 묵직하지만 얼음덩이 같은 인상도 있다.
여름비를 맞은 기차는 때로 살아 있는 생물처럼
느껴진다. 살아 있는 것들이 그렇듯 언제든 넘어져
나뒹굴 수 있을 것처럼 약동한다.

많은 게 되돌아오듯 나아가며 바뀌고 있었다. 언제나 그랬듯이 다시 많은 게 달라질 터였다.

연결이란 영원과 회귀의 실마리. 여행자들은 늘 돌아가는 길을 찾아야 한다. 떠나는 길, 그건 돌아오는 길의 실마리다. 기차는 실타래를 연상케 한다. 실의 끝과 끝을 엮으면 헤어졌던 것과 다시 만날 수 있다. 만남과 작별 가운데서 정거장들이 불을 밝힌다.

이런 얘길 할 때면 영영 떨쳐버리고 싶은 일들과 두 번 다시 만나고 싶지 않다는 목소리들도 떠오른다. 그렇다면 그렇게 되길. 우리의 여행이 한편으로 그러하길. 떠날 수 있길. 만날 수 있길. 헤어질 수 있길. 돌아갈 수 있길.

내가 기억하는 첫 기차 여행은 엄마와 동생과 함께한 나들이다.

앞서 말했듯 우리는 종종 익산에서 기차에 올라 아빠 일터가 있던 군산에 다녀오곤 했다. 그때 군산역의

위치는 지금과 달랐다. 현재 군산역은 새만금 개발 및
공단 조성과 더불어 도심 외곽으로 위치가 바뀌었다.
구시가지와 곧장 닿아 있던 옛 군산역은 이제 문을
닫았다.

아직도 그림책에서 나온 듯 정답고 아담한 구역사의
모습이 눈에 선하다. 기억 속 옛 군산역 역사 지붕은 조금
바랜 듯한 암녹색이다. 사진을 찾아보니 실제로도 기억과
꼭 닮았다. 진한 녹색 지붕 위로 군, 산, 역 세 글자가 흰
팻말에 쓰여 있다.

역 곁에는 키가 크지 않은 나무들이 있었다.
익산역에서 기차를 타고 30분 정도 선로를 달리다 보면
군산역이었다. 자갈들이 깔린 선로가 눈에 익은 나무들
사이로 접어들면 군산역이 가까워졌단 뜻이었다. 어린 내
눈에 나무들에 감싸인 그 초록 지붕의 기차역이 무척이나
예뻤다. 그 초록 지붕이 보인다는 건 곧 역으로 우릴 마중
나온 아빠를 만날 거란 의미라서 더욱 그랬을 것이다.

군산역 역사 너머로 시장이 있었다. 구시장이란
이름의 오래된 상설 시장으로, 지금도 다행히 살갑게

유지되고 있다. 그사이 매운잡채와 김밥 같은 유명한
먹거리도 생겨났다. 구시장에서 조금 더 걸어가면
1950년에 문을 연, 남한에서 가장 오래된 빵집인
'이성당'이 나타난다. 군산에 갈 때면 엄마 아빠는
이성당에 들러 동생과 내게 빵을 고르라 했다. 나는 늘
비슷한 빵을 먹으면서도 내심 먹어본 적 없는 메뉴들이
궁금했다. 자리에 앉아서만 시킬 수 있는 요리 메뉴들이
먹어보고 싶었다. 커피와 밀크셰이크, 야채수프,
샌드위치, 스파게티 같은 메뉴들이 모두 좋았다.

  엄마는 가끔 할머니와 이성당 이야길 들려주곤 했다.
엄마를 등에 업은 할머니가 이성당 앞을 지나려 하는데,
고집 센 아기였던 엄마가 돌연 자지러지듯 울음을 터뜨려
할머니가 몇 발짝 떼지도 못하고 동동거리셨던 이야기.
그때 이성당의 주인 할머니가 내 할머니를 안으로 들여
아기를 돌보라며 도움을 주셨던 이야기. 엄마는 그래서
지금도 그곳과 그 거리를 좋아한다. 그곳에서 할머니를
떠올린다.

  이성당은 이제 전국에서 사람들이 찾아오는 큰

규모의 빵집이 되었다. 신관을 지었지만 구관에는 세월의
흔적이 실린 옛 간판이 고스란히 남아 있다. 여전히
가게 앞과 옆으로는 말린 나물과 고추, 밤 같은 걸 파는
할머니들이 앉아 계신다. 이제는 내 눈에 그 할머니들이
깔고 앉으신 이성당의 카펫이 들어온다. 단지 빵을
사러 거길 가는 게 아니라 그 변함없는 풍경, 나물 장수
할머니들에게 카펫과 가게 앞자리를 내주는 모습이
좋아서 이성당에 다녀오곤 한다. 빵집을 들르고 잘 구운
빵처럼 예쁜 서점과 바다를 가로지르는 다리가 보이는
공원을 보러 그 바닷가 동네에 가곤 한다.

한번은 눈이 펑펑 내리던 날 기차를 타고 엄마, 아빠,
나, 동생 넷이서 군산에 간 적이 있다. 내가 중학생일
때쯤이다. 며칠 동안 눈이 너무 많이 내려 어디로도
외출하기 어려웠다. 차를 몰기는커녕 한 발짝만 내디뎌도
눈에 푹푹 빠지는 폭설의 날이었다.

그래도 기차를 탄다면 어딘가를 다녀올 수 있지
않을까, 엄마가 갑자기 그런 얘길 꺼냈다. 그 말에 모두
기차를 타고 군산에 다녀오기로 했다. 기차를 타고

내다본 창밖이 온통 흰 눈으로 환했다. 겨울이라 일찍
찾아온 밤, 그 안쪽이 온통 흰빛이었다. 춥고 아름답고
즐거웠다.

　사십대였던 부모님과 어린 동생과 내가 발목까지
푹푹 빠지는 눈밭을 걸어 군산역을 나섰다. 아마 그 작은
역의 초록 지붕에도 흰 눈이 가득이었을 것이다. 구시장
앞의 큰길은 오가는 차 없이 희게 비어 있었다. 눈길을
걸어 이성당 쪽으로 가자 환한 불빛이 보였다. 나는
거기서 새빨간 프랑보와즈 쇼트케이크를 골라 들었다.
희고 자그만 케이크 상자, 거기 아직 한 번도 먹어본 적
없는 곱고 새빨간 조각이 담겼다. 그 조각을 조심스럽게
들고 다시 기차역으로 돌아갔다.

　돌아오는 길에 잠깐 함박눈이 내렸던 것도 같다. 희고
빨갛고 검은 밤. 춥고 달콤한 밤. 그렇게 나는 사랑에게
가는 길을 익혔다. 기차를 탈 때면 그 길을 떠올린다.
그렇게 여행의 방향을 고른다.

노래와 예감

내 최초의 집에는 다락방이 있었다. 아빠가 직접 지은
집이었기에 다락을 만든 것도 아빠였다. 다락엔 엄마가
숨겨둔 그림들이 있었다. 욕실을 제외하면 방은 세
개였다. 거실이 유독 널찍했고, 회랑처럼 긴 흰 벽의
베란다에는 엄마의 그림들이 걸려 있었다. 베란다 아닌
모든 곳에도 군데군데 엄마의 그림들이 있었다. 시골집은
작고 숨겨진 미술관 같았다. 엄마는 이따금 그림을
그렸지만 우리에게만 그것들을 보여줬다.

　베란다 끝에는 희게 칠해진 나무 테이블과 흰
목마가 놓였고, 바닥엔 작은 섬들의 지도 같은 얼룩무늬
붉은 갈색 바닥재가 깔려 있었다. 베란다 가운데에는

양쪽으로 열리는 멋진 나무 문이 있었지만 그 문은 거의
쓰지 않았다. 자주 드나드는 문은 따로 있었다. 그 문
바로 안쪽으로 크고 기다란 수조가 자리했다. 수조에는
수초들이 살 때도 있었지만 그렇지 않을 때도 있었다.

현관 왼편에 안방과 욕실이 차례로 있었다. 안방에는
다락으로 이어지는 문이 존재했다. 나는 어쩐지 베란다의
그림들(장식이 화려하던 그 금색 액자들)과 그 작은 문을
중심으로 이 집을 떠올리곤 한다. 그 작은 문을 열면
짧은 계단을 거쳐 다락방이 나왔다. 길고 넓은 베란다와
커다란 거실 그리고 작은 문 뒤로 숨겨진 작고 아늑한
다락이 있어야만 그 집이 완성된다.

다락에는 크리스마스 때만 꺼내는 장식들이 보관되어
있었다. 내가 가지고 놀던 장난감들도 있었다. 인형과
나무 블록 같은 것들이었다. 다락방 벽에는 집 뒤편을
비추는 작은 미닫이창이 있었다. 창을 열면 논밭을 지나
멀리 호수가 보였다. 아빠는 그게 호수가 아니라 그냥
작은 연못이라고 말했다. 날이 환할 때면 호수이거나
연못, 또는 웅덩이이거나 늪일 수도 있는 그곳이 엷은

은빛으로 빛났다.

　나는 긴 시간이 지난 뒤 비로소 그 호수에 대해 썼다.
짧은 일기, 짧은 노래 같은 글이다. 내가 쓴 소설 〈나무
왕의 방〉에는 내가 만났고 사랑한 것들이 나온다. 결국
가보지 않은 먼 곳의 호수, 시골집, 그 뒤로 어느 순간에
만나 왕이라 이름 붙여준 커다란 나무에 대한 이야기도
나온다.

　회랑 같던 베란다와 그림들, 다락이 있던 그 집을
떠난 게 나의 첫 이별이었다.

　떠나고 싶지 않았던 곳을 떠나기로 선택하면서 나는
처음으로 성장했다. 그렇게 하지 않을 수 없다는 걸
알았고, 그게 얼마나 돌이킬 수 없는 일인지도 알았다.
그때 내가 느낀 건 아마도 죄책감이었을 것이다. 사랑을
배신한 기분이었다. 나의 일부이던 걸 거기 두고 온
느낌이었다. 그 슬픔이 벅차서 더는 그렇게 하고 싶지
않아졌다. 이 글을 쓰기 시작한 건 그때부터였을 것이다.
그것에 대해 글을 써야만 했다.

한 아이가 자라날 때, 거기엔 참 많은 이별이 스민다.
어쩔 수 없다는 말에 지고 싶지 않아서 나는 글을 쓰기
시작했다. 내가 작가가 된 건 오래전 그 순간에 일어난
일이다. 나는 언젠가 내가 떠나온 숲과 호수에 대해,
사라진 어린 날의 지도에 대해, 달아나고 돌아가는 일에
대해, 영원처럼 사랑하는 이야기에 대해 쓰게 될 것을
알았다.

기차를 타고 달아나고 돌아오는 이야기, 이 글을
정말로 쓰기 시작한 건 여행이 시작되고 한참 뒤다.
글을 쓰기 시작했을 때 내 기차 여행은 전보다 더
어려워져 있었다. 대학원에 다닐 때는 용산역과 익산역을
오가면 되었지만 취직한 뒤로는 오가는 거리가 더
멀어졌기 때문이다. 졸업 후 수년 간 프리랜서로 지내던
나는 어느 겨울 파주의 한 출판사에 입사했다. 그곳은
책이 우리보다 더 오래 살아남을 거란 사실을 믿고 있는
곳이었다. 나는 그런 믿음을 배워보고 싶었다. 우리보다
더 오래 전달될 믿음, 어쩌면 신비롭기까지 한, 그 오래된

믿음. 하지만 집을 떠났다고 느끼고 싶지는 않았다. 나는
무모할 정도로 먼 거리를 오가기 시작했다. 주말마다
파주에서 용산역으로, 용산역에서 익산역으로 그리고
다시 파주로 오가기를 무릅썼다. 그렇게 지내며 나는
사람들에게 이런저런 말들을 들었다.

　친구들은 대개 이런 식이었다.

　"그럴 수도 있지. 너는 집을 좋아하니까. 너희 집은
아름답잖아. 넌 가족들과 사이도 무척 좋고."

　그런가 하면 그저 아연실색하는 이도 있었다. 그렇게
지낼 거라면 서울에 취직하지 그러느냐는 말을 들은 적도
있었다.

　"파주와 익산을 오가는 걸 보니까 차라리 서울과
익산이 훨씬 가깝게 느껴져. 그래, 서울 정도면 할 만하지.
이제 그런 생각이 들어."

　사람들은 자신의 고향에 대해 내게 말했다. 으레 이런
식이었다.

　"나는 내 고향을 그렇게 좋아하지 않아. 내가 태어난
곳 말이야. 거긴 별로였어. 나는 너하곤 전혀 달라. 다신

돌아가고 싶지 않아. 돌아가면 마음이 우울해지거든.
알잖아. 낙후된 지방 소도시가 어떤지."

익산에 뭐가 있길래 그렇게 끈덕지게 오가는 거냐고
묻는 이도 많았다. 그럴 때면 나는 나의 집을 좋아한다고,
거기엔 날 기다리는 개와 고양이가 있기도 하다고
답했다. 그러다 가끔 다른 답을 꺼내기도 했다. 사실
한국보다 훨씬 큰 나라에선 이만한 이동 거리가 그다지
대수로울 게 없기도 하다고, 교통이 더 발전하면 한국의
부동산 지형도도 바뀌게 될 거라고, 나는 여기가 아니라
거기에 사는 게 더 좋다고.

내 고집의 이유는 많았다. 이유보다 더 중요한 건,
아무튼 내가 정말로 그렇게 지냈다는 사실이다. 나는
대학교 3학년 때부터 대학원을 졸업할 때까지 익산과
서울을 기차로 오갔다. 파주에서 일을 하면서는 주말마다
익산에 다녀갔다. 그러다 기차를 타고 지내는 생활에
대해 글을 썼다.

나의 생활과 글쓰기는 고집이자 어쩌면 퍼포먼스
같은 것이었다. 나는 나를 위해 그렇게 했다. 내겐

이야기가 필요했다. 대안적인 삶의 방식. 어쩌면 떠나지 않는 사람의 이야기. 떠나야 하지만 돌아오는 사람의 이야기. 그저 마음을 따라 아주 먼 거리를 오가는 이야기.

　그리고 살아 있는 나를 나의 이야기로 삼기란, 결코 쉽지 않았다.

　나는 여름이 오며 쓰기를 잠시 그쳤다. 쓰던 걸 지우고, 지우고, 고치지 못해 이어나가기를 멈췄다.

　유독 많은 게 버거운 여름이었다. 기차를 타고 지내는 생활에 대해, 어쩌면 여행에 대해 쓰고 있다는 걸 들은 사람들로부터 여러 이야길 들었다. 내 생활이 글이 되어갈수록 나라는 이야기를 완성해야 할 것만 같았다. 그러나 나는 이야기가 아니었다. 살아 있음, 그건 완성 정반대에 있는 꿈틀거림이었다.

　유독 많은 죽음이 들려온 여름이기도 했다. 폭염과 폭우, 홍수로 홀연히 희생된 이들이 있었다. 곤경을 벗어나지 못해 스스로 이승을 떠난 이들이 있었다. 영문을 모른 채 죽음을 맞는 동물들이 있었다. 바다와

땅이 죽어가고 있었다. 직시하기 두려울 만큼 다종의
어려움이 생겨났다. 여름을 잠식해가는 체념의 분위기를
모른 척할 수 없었다. 뉴스에서 슬픈 소식이 들려올 때면
속이 아려와 숨을 쉬기가 힘들어졌다.

기차를 타고 달아나고 돌아오는 글, 그걸 계속 이어서
써나가고 싶었지만 쉽지 않았다. 한편으론 지금 쓰지
않으면 영영 놓쳐버릴지도 모른다는 예감이 들었다.
무엇을 잃어버리는 걸까? 답을 알 듯도 했지만 감당하기
어려웠다. 이상하게도 거울 속 내게서 내가 아닌 슬픔의
얼굴이 보였다.

그리고 앞날에 대한 대화들이 있었다.
어쩌면 우리가 줄곧 함께일 수도 있지 않을까.
내게 그렇게 말해준 친구들이 있었다. 언제부턴가
내겐 동생과 함께 여생을 마쳐도 좋지 않을까 하는
어렴풋한 생각도 있었다. 동생과 나는 서로에 대해 잘
알았다. 가끔은 그래서 서로 넌더리가 났지만 그거야
어쩔 수 없는 일이었다. 내겐 고등학생 때부터 단숨에

친해져 지금까지 단짝인 친구도 있었다. 우리는
언제부턴가 종종 함께 있는 노년의 장면을 이야기하곤
했다. 그녀는 한국을 떠나 시드니에서 지내는 중이었다.

  우연하게도 여름에 자주 이야기를 나눈 친구들은
지금 한국에서 지내지 않는 이들이었다. 모두 바다를
건너 비행기로 열 시간 이상 걸리는 각각의 나라에
머물고 있었다. 돌아올 계획도 있지만 돌아오지 않을
계획도 있다고 했다.

  멀리멀리, 외국에 머무는 건 경계를 넘나들며
지낸다는 뜻이었다. 그곳과 이곳은 멀었고 서로 달랐다.
경계에 머무는 이들은 거기와 여기를 하나의 몸으로
동시에 살아낸다. 거기와 여기가 겹쳐 있다는 점에서
친구의 생활과 나의 생활은 닮아 있었다. 그리고 그런
생활은 마음의 덩어리와 윤곽을 드러내 보인다.

  여기에도 거기에도 온전히 속해 있지 않을 때
한층 또렷해지는 것이 있다. 그건 나라고도, 나의
마음이라고도 불릴 만한 것이다. 내가 누구인지가
모호함 속에서 한층 또렷해진다. 이 어설프고 애매한

경계가 도리어 나의 윤곽을 그려내는 것이다.

　내가 먼 곳과 먼 곳을 기차로 오가기를 무릅쓰며
이 모호한 경계를 계속 따라 사는 건 그걸 계속 지켜보고
싶어서이기도 했다. 나는 나를 더 또렷이 알고 싶었다.
이 윤곽을 계속 그려 보이고 싶었다.

　너 한국으로 돌아오고 싶어?
　모르겠어.
　떠난 사람으로 남고 싶어?
　그렇지는 않아.
　그리워?
　나는 모르겠어. 하지만 너는 그리워할 게 많아 보여.

　여름이 지나기 전, 바다 건너 지구 반대편으로 간
나의 친구가 내게 앞날에 대한 상상을 들려주었다. 그
상상 가운데 우리는 함께였다. 모든 걸 견디고서 그곳에
존재했다.

우리가 어쩌면 그렇게 살 수도 있지 않을까, 나이가
들고 더 약해져서도 함께 자전거를, 아니면 노랗거나 흰
스쿠터를 타고 바닷가 산책을 나서는 여생을 지낼 수도
있지 않을까. 바닷가 마을에 작은 카페를 열고. 아니면
함께 어딘가 다른 나라에서. 다른 곳에서. 아니 어쩌면
여기에서.

그렇게 함께일 수도 있겠지. 아침에 같은 음악을
틀어놓고, 청소도 하고, 빨래도 하고, 베갯잇과 홑이불을
고르고, 해 질 무렵 같이 산책을 하고, 같이 저녁을 먹고,
술도 조금 마시고, 나는 술은 못 하지만 달리는 개들을
보고, 글도 좀 쓰고, 운동도 꼭 좀 하고.

언젠가 바나나 빵을 만들어줄게. 그건 만들기 쉬워
보여.
설탕은 줄여야 해. 정제당은 좋지 않대. 슬픔에 더
약해져.

그녀가 아주 멀리에서 앞날을 말할 때, 나는
종종 사랑한다는 말로 통화를 마치곤 했다. 사랑해.
또 이야기하자. 하루하루를 열심히 살고 또 이야기하자.
그러면 친구가 으응, 그래, 답하고 아주 멀리에서
전화를 끊었다. 아주 멀리에서 어떤 노곤함이 다음 날을
거머쥐려 애쓰는 기척이 전해져왔다.

　뉴스를 틀면 나쁜 소식이 터져 나오는 여름이 그렇게
이어졌다. 소식들이 하도 많아 앞선 슬픔이 뒤따른
당혹으로 지워졌다.

　하루는 친구가 자긴 이제 여러 나라를 떠돌며 살
거라고 말했다. 너에겐 그것도 잘 어울린다고 답해주다가,
그래도 언젠간 돌아왔으면 좋겠다는 말을 끼워 넣었다.
그리움 때문만은 아니었다. 달아나는 건 돌아오는 일과
한 쌍이기 때문이었다.

　네가 달아나고 있다고 느낀다면 그땐 언제든
돌아와도 된다는 말을 들을 차례란 거야.

　친구에게 내가 들려주고 싶은 건 그런 말이었다.

친구는 집을 구하는 일의 어려움에 대해 토로하기도
했다. 난 결국 어디에 살게 될까. 친구의 물음에 나는 답을
찾아낼 수 없었다. 집은 이따금 짐처럼 들리는 말이었다.
내게도 가끔은 그랬다.

그래도 네겐 돌아갈 곳이 있잖아.
누구에게든 돌아갈 곳은 필요해.
너는 달아나고 싶지 않아?

말들이 쌓여 밤이 길어지는 여름이었다. 달아나고
싶지 않느냐고 물으면 달아나고 싶다고 답하고 싶어졌다.
그 무렵 새빨간 꽃을 훔치는 장면을 글로 썼다. 어린 시절
집으로 돌아가던 길의 기억을 담았다. 나는 글 속에서
그 순간의 나를 다시 만난다. 이제 아주 오래되어버린
그 장면 속에서 나는 너무 아름다워서 덜컥 무서워지는
것을 마주친다.

아이는 시골길을 혼자 걷고 있다. 이웃집과 집 사이의

짧은 길이다. 모퉁이를 돌아야 하는 길목에서 아이는 한 번도 혼자 가본 적 없는 길을 따라 계속 걷는다. 계절은 아직 여름이 무르익기 직전의 따스함 속에 있다. 알 수 없는 끌림 끝에 펼쳐지는 건 소나무 숲과 풀밭, 점점이 핀 조그만 꽃들이다. 아이는 조금 더 걷는다.

처음 보는 커다란 꽃이 불쑥 나타난다. 주위를 압도할 만큼 선명한 붉은 빛깔의 꽃이 굵은 줄기 끝에 피어나 있다. 너무 활짝 피어 있어 기가 질릴 정도다. 곁에 같은 종류의 꽃이 몇 송이 자라 있지만, 모두 그보다 조금 덜 피었거나 그보다는 크기가 조금 작다. 그렇게나 커다랗고 새빨간 꽃은 단 한 송이뿐이다.

아이는 그 꽃을 꺾는다. 굵은 줄기가 비틀리며 나뭇가지 꺾이는 듯한, 그보다 더 싱그럽고 요란한 소리를 낸다. 그 꽃을 손에 들고 잠시 걷다가 아이는, 그러니까 나는, 꽃을 몰래 숨기듯 버리고 만다. 흙무덤 뒤쪽이나 길가 고랑에, 나무들 사이 풀섶에, 종잡을 수 없는 어떤 틈새에 아름다운 붉은 꽃을 숨겨버린다. 꽃을 꺾었다는 죄책감 때문이 아니다. 내 눈에 그게 얼마나 아름다워 보였는지, 그 탐스럽고 환한 것이 한순간 나를 얼마나 사로잡았는지 들키고 싶지 않아서이다.

내가 들키고 싶지 않은 상대는 타인이기 전에 나 자신이다. 나는 그 순간이 지나고 찾아올 다음 순간의 내게 그 사랑을 들키고 싶지 않았다. 저녁이 되면 꽃은 더이상 낮의 꽃이 아니고, 다음 날이 되면 꽃은 시들 것이었다. 그렇게 찾아올 저녁과 어둠과 다음 날에게 꽃의 환한 붉음을 들키고 싶지 않았다. 영영 감추고 싶었다.

이제 여러 번의 저녁과 어둠과 다음 날을 맞이한 지금의 내게는 그 모든 기억이 아련하다.

이제 남은 건, 낯선 길모퉁이를 돌면 때로 그렇게 환하고 찬란한 게 나를 기다리고 있을지도 모른다는 기억이다. 그때 그 모르는 길을 걸었던 건 내게 최초의 모험이었다. 꽃과 길과 저녁이 있는 모험, 꽃을 훔치는 모험이었다. 숨겨도 숨겨도 비밀의 열쇠처럼 기억이 남는다는 걸 알려준 모험이었다.

이것은 내게 아름다움을 담은 기억 그리고 두려움을 담은 기억.

어디서 꺾어온 꽃이냐며 혼이 날 게 무서웠던 게 아니었다. 클라리시 리스펙토르는 《야생의 심장 가까이》에서 훔치는 일이 모든 걸 더 귀중하게 만든다고 썼다.[*] 그건 달콤한 불을 훔치는 일이라고 썼다. 나는 내 손에서 그 환한 것이 시들어갈 다음 순간을 견딜 수 없었다. 그게 무섭고 슬퍼서 꽃을 계속 들고 있을 수 없었다. 나는 약하고 솔직했다.

슬픔으로 가득하던 여름, 글을 쓰며 나는 지금도 별반 다르지 않다고 느꼈다. 기차를 타고 오가는 생활도 그랬다. 모든 게 찬란했고, 사그라질까 두려웠다.

나는 나를 믿어야 했다. 그건 두려운 일이었다.

'너는 달아나고 싶지 않아?' 나는 슬픔으로부터 달아나고 싶었지만 어떤 슬픔은 반드시 손안에서

---

[*] 클라리시 리스펙토르, 《야생의 심장 가까이》, 민승남 옮김. 을유문화사, 2022, 24쪽 참조.

시들어갈 꽃처럼, 어떤 붉음처럼, 그로부터 달아날 수
없을 듯했다. 그 슬픔은 꽃이 아니라서 어디에도 감출 수
없었다.

여름이 지나고 가을, 한때 세상에서 가장 길었던
붉은 다리가 있는 도시로 여행을 가기로 한 건
그래서였다. 그 여행을 계획할 무렵 나는 달아나고
싶었다.

10월 말, 나는 일주일 동안 샌프란시스코 여행을
다녀왔다. 샌프란시스코는 골든 게이트 브리지와 안개의
도시. 차학경이 자라나 학교를 다닌 도시이자 그녀의
장례식이 치러진 도시. 세계에서 가장 비싼 임대료와
IT 산업, 노숙자들의 도시. 해가 나 있다가도 순식간에
옅은 비가 흩뿌리는 변덕스러운 하늘의 항구도시.

내게 샌프란시스코는 까마득히 먼 어린 날 아빠
차에서 반복해 나오던 노랫말 속 도시이기도 했다.
샌프란시스코, 샌프란시스코. 후렴구에 분명 그렇게
노래를 부르는 남자의 목소리가 아직도 귓가에 들리는

듯했다. 그런데 어쩐 일인지 샌프란시스코가 등장하는
여러 노래를 뒤져보아도 그런 노랫말을 다시 찾을 수
없었다.

샌프란시스코와 얽힌 희미하고 아름다운 기억의
편린이라면 차학경에 관한 것도 있다. 내가 차학경의
글을 처음 마주친 건 어느 미술 전시에서였다. 까마득히
오래전이라서 그게 어느 도시에서였는지는 도무지
기억나지 않는다.

이민자들에 관한 전시였을 것이다. 여러 작가의
작업이 커다란 전시관 전체에 군데군데 펼쳐져 있었다.
그리고 아마도 유리벽에, 혹은 검은 벽에, 차학경의 글이
있었다. 나는 그게 누구의 글인지도 모른 채 그 문장들에
홀린 듯 빠져들었다. 어떤 슬픔이 아주 아름다운
음색으로 거기서 흘러나오는 듯했다. 희고 검고 고요했다.
강인하고 처연했다.

차학경이 누구인지 좀더 알게 된 건 시간이 더
흘러서였다. 나는 예전에 본 그 전시에서 차학경의 이름
하나만을 온전히 기억하고 있었다. 테레사 학경 차.

그녀가 샌프란시스코에서 자라났다는 걸 알게 된 뒤로,
테레사 학경 차의 이미지란 노래를 닮은 무엇이 되었다.
어린 시절 꿈결처럼 귓가에 맴돌았으나 영영 다시 들을
수 없게 된 노래를 닮아 있었다.

샌프란시스코에서는 어디로든 끝까지 걸으면 대개는
바다에 다다를 수 있었다. 삼면이 바다이니 운이 나빠서
LA로 걷게 되지 않는 한 그랬다. 저쪽 바다와 이쪽
바다에는 각각 붉은 오렌지색 골든 게이트 브리지와
흰색 베이 브리지가 있다. 나는 머무는 내내 매일 그 둘
중 하나를 보았다. 빨갛고 긴 다리, 희고 긴 다리, 이쪽과
저쪽을 잇고자 하는 인류의 환상, 그 밑을 집어삼키는
아름답고 흉폭한 물결.

떠나는 날 오후에 나는 혼자서 베이 브리지까지
걸었다. 바닷가 가게들에서 값싼 보석과 수상쩍은 돌,
향료, 그림엽서를 팔고 있었다. 드문드문 타로 점집들을
마주쳤다. 샌프란시스코는 첨단 산업의 도시이자
이민자와 히피의 도시. 나는 친구가 홈리스들을 염려하며

가지 말라던 텐더로인 스트리트를 잠시 들르기도 했다.
거기서 거리의 사람들을 보았다. 누군가는 누워 있고
누군가는 길 한복판에 서서 노래를 불렀다. 샌프란시스코.
샌프란시스코. 도시의 그 이름은 성자의 것이기도 하다는
게 떠올랐다.

어떤 사람이 내게 뭉개진 발음으로 인사를 건넸다.
"헬로, 프리티!" 그건 그가 내게 건네는 폭력이었고,
도시를 겨누는 퍼포먼스 같은 것이기도 했다. 드러누워
있는 이들은 거리의 일부 같았다. 거리는 쉼터이고
제의祭儀이고 역사였다.

세금과 부동산이 유독 비싼 이 도시에서 바다와
안개는 여전히 무료였다. 샌프란시스코의 유명
서점에서는 차학경의 《DICTEE》를 잘 보이는 자리에 따로
두고 판매하고 있었다. 그 책을 찾는 이들이 적지 않은
듯했다.

당연히 한 권을 구입하려던 생각이었지만 어째서인지
《DICTEE》를 손에 드니 그렇게 할 수 없었다. 관광 상품을
사듯 그 책을 살 수 없었다. "어머니 보고 싶어. 배가

고파요. 고향에 가고 싶다." 펼치면 그렇게 첫 외침을
겨누는 책. 그렇게 강렬한 것, 그렇게 슬픈 것, 그만큼
또렷한 것을 짊어지고 다닐 자신이 없었다.

　서점에 들어서면서 햇빛을 받은 물결처럼 고운
금빛 털을 가진 청회색 눈동자의 개를 만났다. 겨울 호수
색 눈이었다. 커다란 개는 내 발목과 무릎을 온순하게
쿵쿵거리다가 문간을 떠났다. 서점 게시판에는 어쩌다
이곳에 오게 된 건지 묻는 질문이 쓰여 있었다. 그
아래 답변을 적은 메모지들이 빼곡했다. 한눈에 반한
사람을 따라 이곳까지 오게 되었다고 써둔 누군가의
메모도 있었다. 여행 도중 나는 기회가 닿을 때마다
거울에 내 얼굴을 비춰 보았다. 그 메모들이 있는 서점
게시판 곁에도 마침 거울이 있었다. 거울 속의 내가 나를
들여다보았다. 《DICTEE》를 사려던 나는 결국 아무것도
사지 못하고 서점을 나와 달지 않은 코코아를 마셨다.

　포트메이슨 공원의 노을은 상상했던 것보다 더
근사했다. 여길 떠나면 두 번 다시 보지 못하지 않을까,

그런 생각이 들었다. 그 여행 내내 내겐 설명하기 어려운 깊은 슬픔이 함께하고 있었다. '엄마가 보고 싶다.' '배가 고프지 않다.' '떠나고 싶다.' '돌아가고 싶다.' '달아나고 싶다.' 차학경도 셀 수 없이 보았을, 이 세상의 것 같지 않을 만큼 환하고 영롱한 해 질 녘 풍경을 눈에 담다가, 내가 나의 결말을 쓰게 될 때 이 여행을 떠올리게 될지도 모르겠다는 예감이 스쳤다.

여행 도중 집으로 돌아가고 싶지 않단 생각이 드는 건 자연스러운 일일지도 모른다. 어쨌거나 그 여행은 몹시 아름다웠고 그만큼 슬픈 구석이 있었다. 또렷하게 기억에 남겨지는 혼란스러움이 있었다. 나는 돌아가서 계속하고 싶은 일들을 떠올렸다. 스스로가 얼마나 약한지를 떠올렸다.

떠나기 전날 가장 오래 걸었다. 재팬타운에서 베이 브리지가 보이는 바닷가까지 쭉 걸어갔다. 돌아오는 길엔 차이나타운에 들러 트램을 보았다. 나보다 오래된 것들이 먼지가 쌓인 채 시간과 하나가 되는 걸 보았고, 길가 교회 앞에서 비파를 연주하는 사람을 보았다.

투명한 화과자 속 물고기들과 한데 모여 먼지 쌓여가는 고가의 예술품들, 내가 사려다가 사지 않고 돌아선 연필들을 보았다. 부두에 운동화를 벗고 앉아 바다를 바라보면서 이상한 예감에 사로잡혔다.

더는 이전과 같을 수 없을 거라는 예감이 들었다. 달라지는 건 늘 막을 수 없는 일이지만 이번에는 조금 더 버겁고 애틋했다. 돌아간다는 건 계속 살아가기로 한다는 뜻이다. 그 사실이 돌연 감당하기 어렵도록 벅찼다.

바다는 파랗고 넓었다.

바다에 빠져 사라져버리게 된다면, 그럼 내 사랑은 어디로 가나. 나는 멍하니 햇볕을 받으며 잠깐 고민했다. 사라진 사람의 사랑이 사라지는 것은 아닐 테다. 하지만 포기라면 다를 것이다. 포기한다는 건 더는 용감해지지 않겠다는 것이다. 용감한 사람들만이 가질 수 있는 귀한 것, 이 세상에는 틀림없이 그게 존재한다. 일순간 모든 게 기도하는 마음 같아졌다. 기도하는 마음이란 간절한 것.

사랑을 지키기 위해선 나로서 살아야 했다.

나는 바다를 등지고 투명한 분홍색 음료수 한 병을

사 햇볕 아래 찰랑찰랑 흔들며 걸었다. 그 환한 대로에서
유리병 속으로 찬란한 햇빛이 모였다. 그걸 보기 위해
더 걸을 수 있었다. 바다에 풍덩 빠져 여기서 모든
걸 그치지는 않기로 했다. 용기를 가지기로, 집으로
돌아가기로 결심했다. 무엇이 나를 기다리든 나로서 살고
싶었다.

그 여행은 가을에 맺어졌다. 가을은 열매와 매듭으로
가득한 보름달의 계절. 잃어버린 노래와 붉은 다리, 안개,
차학경의 도시로 떠났던 그 여행이 내 매듭이었다. 그게
내게 중요한 순간이라는 걸 운 좋게도 곧바로 예감할 수
있었다. 그건 선물이었다.

샌프란시스코 여행을 다녀온 10월 이후, 11월이
지났고, 12월이 또 막을 내렸다. 폭설 때문에 하염없이
연착되는 기차에서 열린 해였지만 마무리는 그렇지
않았다. 겨울인데도 여름처럼 비가 자주 내렸다. 거리에서
캐럴이나 크리스마스 장식을 마주치는 일이 이상할
정도로 드물었다.

여행에서 돌아온 뒤 내가 한 건 가슴을 검진받는

일이었다. 나는 집과 일터를 오가며 수차례 기차에
올랐다.

12월에는 우연한 선물처럼 시를 쓰는 친구와 영화
〈타르콥스키, 기도하는 영혼〉 시사회에 다녀왔다.
그 자리에서 오랜만에 영성이라는 말을 들었다.
타르콥스키는 예술이 기도라고 말했고 어떤 순간은
기도만이 전부였다.

큰아버지가 뇌사에 접어드셨다는 소식을 들었고,
며칠 뒤 새해가 시작되었다. 병원에서 검진을 받은 날
내 왼쪽 가슴 속에 악성 종양이 생겨나 있다는 걸 알게
되었다. 생명의 응어리, 삶의 돌멩이, 심장 위에 생겨난
징표. 그날 큰아버지가 돌아가셨다는 소식을 들었다.

내게 있는 '죽음에 이르는 병'(뒤라스 또는
키르케고르)을 알게 되었을 때 나는 내가 힘껏 모든 걸
사랑해왔다는 걸 이해했고 거기에 안도했다. 그리고
알아차렸다. 나는 떠나는 이면서 모든 걸 가진 이이기도
했다. 모든 시절이 내 것이었다.

모든 게 변해가고 있었다. 변치 않는 온기도 있었다.

나는 여전히 집으로 돌아가는 중이었다. 다시 글을 쓸
수 있었다. 달아나고, 돌아오는, 나의 시절에 대해 쓰고
싶었다.

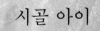

시골 아이

아름다운 것을 만드는 순간은 은밀하다.

시골 깊숙한 곳에 있던 내 최초의 집에는, 창마다 엄마가 직접 만든 커튼이 달려 있었다. 엄마는 아름다운 것들을 만들어내는 이였다. 그때 엄마에겐 어떤 비밀이 어른거렸다.

흰빛과 회색빛이 감도는, 굵은 실로 짜인 커튼의 천을 기억한다. 연한 암녹색 바탕에 어두운 연분홍색 장미들이 흰 덩굴을 뻗고 있었다.

두툼하고 묵직한 그 천의 무게가 아직도 손가락과 손바닥에 남아 있는 듯하다. 베란다와 거실을 나누는 벽에도 창문들이 있었다. 그 창문은 어린 내게 숨바꼭질을 하는 비밀 통로이기도 했다. 동생을 속이려 몰래 그 창으로 빠져나갈 때면 엄마의 커튼이 내 몸을 감춰주었다.

거실에는 커다란 금색 인텔 오디오와 오디오 장, 그 위에 놓인 TV가 있었다. 엄마가 모은 클래식 앨범들이 그 옆에 세워진 좁고 길쭉한 장에 빼곡했다. 거실 왼편 벽에는 육각형 나무 테두리의 커다란 거울이 걸려 있었다. 그 거울은 지금도 우리의 거실에 그때처럼 걸려 있다.

내내 그 집의 구조를 기억하게 될 거란 걸, 가끔은 꿈에서도 그 집을 보게 될 거란 걸 나는 그곳을 떠나기 전부터도, 떠나면서도 잘 알고 있었다.

엄마가 자꾸만 물감으로 무늬를 그려 넣어 모습이 바뀌던 거실의 벽지, 거실과 베란다에 걸린 그림들, 다락에 숨겨져 있던 그림들, 오디오 위에 놓인 빨간색 전화기, 네모진 갈색 나무 테이블과 그 좌우에 있던 등받이 없는 길쭉한 의자 두 개, 가스레인지, 전자레인지, 그걸 둘러싸고 거실 가장 안쪽에 서 있던 그릇장들, 거기

들어 있던 할머니가 사 모은 그릇들…….

베란다에서 거실로 들어오는 미닫이 중문 앞에는
엄마가 그린 문자 추상화가 있었다. 처음에는 이상한
무늬라고만 생각했지만 나중에는 그게 엄마의 호인
토원土圓을 그린 거라는 걸 알게 되었다. 토원은
흙으로 지어진 담이라는 뜻. 엄마의 호를 지어준 건
외할아버지였다.

엄마의 그림들은 대개 햇빛이 환히 드는 자리에
걸려 있었다. 엄마는 그것들이 빛에 바래버린다고 해도
아무렇지 않아 보였다. 외할머니가 돌아가신 후로
엄마는 무언가를 간직하는 일에 관심이 없었다. 없는
듯이 굴었다. 그게 엄마가 무언가를 가장 깊숙이 지키는
방식이었다.

거실 좌우에 자리한 세 개의 방 중 다락과 이어진
큰 방은 부모님의 방이었고, 현관을 기준으로 오른편
첫 번째 방은 외할아버지와 외할머니의 방이었다.
외할머니는 내가 어릴 때 돌아가셨다. 가슴에 생긴 종양
때문이었다. 나는 여전히, 그 첫 번째 방에 할머니가

계셨던 어떤 순간을 희미하게 기억한다. 그게 정말로
있었던 일이라는 걸 알지만 이다지도 희미하다. 누군가
방 가운데에 앉아 있던 풍경이 어렴풋이 떠오른다.

더 선명한 건 그 방에 걸려 있던 그림이다. 엄마가
그린 섬 같은 숲 그림이 액자에 담겨 있었다. 숲은 동물의
옆얼굴을 닮기도 했다. 눈이 될 수 있는 자리에 푸른 얼룩
한 점이 떨어져 있었다.

나는 엄마에게 그게 동물의 눈동자냐고 물었다.
엄마는 실수로 남긴 자국이라고 답했다. 그 눈동자를
알아봐줘서 기쁜 듯도 했다. 기쁜 건 엄마일 수도 있고
숲이자 동물인 그 그림일 수도 있었다. 그가 나를
좋아하고 있었다. 나도 그가 좋았다.

큰 병에 걸렸다는 걸 알고 난 뒤 나는 당연히 삶을
돌아보아야 했다. 누구에게도 거짓을 꾸며낼 수 없는
회고가 생겨나야 했다. 나는 바로 그런 회고 속에서 내가
안도하고 있다는 걸 알아차렸다. 찬란한 안도였다.

빛이 쏟아져 내리는 것 같은 안도가 어느 밤들엔,

환하게 주어졌다. 지난 모든 사랑이 여전히 나였다.

삶이란 게 내게서 나를 지울 수 있는 것이라면, 여기 나는 아직 나와 헤어지지 않은 채였다. 그건 다만 살아 있다는 뜻만은 아니었다. 나인 채로 살아 있다는 뜻이었다. 나는 살아 있다. 그런 것에 대해 쓰고 싶었다.

병을 알게 된 뒤 나는 책을 짓던 파주의 일터를 떠나 온전히 집으로 돌아왔다.

집으로 돌아오니 금세 봄이 찾아왔다.

나는 새벽녘 보리차를 마시면서 창밖으로 환하고 푸른빛이 들어오는 걸 지켜보았다. 몽롱할 때면 꿈과 닮은 이들이 뒤섞였다. 윤곽이 부드러워진 보물을 어루만지듯 기억과 나를 만났다. 거기 모든 비밀이 있었다. 오랫동안 환히 드러나고도 동시에 감추어져온 사랑의 비밀이었다.

외할머니가 돌아가신 뒤로도, 외할아버지는 내가 그 시골집을 떠나게 되기 전까지 늘 함께였다. 내가 비로소 한 사람 한 사람을 알고 기억할 수 있을 만큼 자라나고,

그 뒤로도 한참 더 시간이 흘러 한 아이로 자라나는 동안
우리는 줄곧 함께 살았다.

집을 나서 커다란 산 같던 넓은 밭을 지나 한참
걸으면 사과 과수원이 나왔고, 과수원을 지나면
소나무들이 모여 자란 작은 숲 끝에 버스 정류장이
있었다. 정류장 옆은 피아노 학원이었다. 할아버지는
동생과 나를 매번 자전거 뒷자리에 태워 피아노
학원으로 데려다주셨다. 학원이 끝나면 할아버지가
우리를 마중 나와 계셨다. 세 사람을 실은 자전거는
오후가 깊어지거나 해가 저물어 푸른빛이 깔린 사과나무
과수원을 지나, 나무들 사이로 모퉁이를 돌았다. 커다란
산처럼 높은 인삼밭 곁을 지나고, 이웃집들 앞을 지나고,
짧고 좁은 흙길을 따라 수풀 사이를 빠져나오면 우리 집
뜰이었다.

할아버지는 영화를 보고 책을 읽기 좋아하는
사람이었다. 정의감이 강하고 놀랍도록 품위 있었다. 웃을
때면 눈이 무척 선한 인상으로 접혔다. 웃지 않을 때도
대개 그랬다. 또 유난히 덜렁거리는 면이 있었고, 목청이

크고, 가끔 거실에서 큰 소리로 오래된 노래들을 불렀고,
술은 마시지 못했다. 그런 할아버지의 자전거 뒷자리에서
나는 매일 작은 동네의 길들을 구경했다. 사과꽃들이
하얗게 자라나는 계절이 있었고, 새들이 익어가는 사과를
쪼아대는 계절이 있었다. 이따금 작은 개들이 자전거
뒤를 따라 달렸다.

한번은 외출한 할아버지가 세 번이나 집에 다시
돌아온 적이 있었다. 챙겨 나가야 할 소지품을 세
번이나 두고 나갔기 때문이다. 지갑, 신분증, 서류 같은
것들이었던 것 같다. 지금도 나는 내가 비슷한 실수를
저지를 때마다 할아버지의 그 일을 떠올리곤 한다.
우리는 닮아 있다. 오이와 내가 닮고, 내가 할아버지와
닮고, 나는 내가 다녀온 먼 나라의 바다와 노을을 닮고,
할아버지는 전쟁을 기억한다. 그런 것들이 우리를
우리로서 살게 한다. 글을 쓸 때면 기억이 여기 있듯
할아버지가 있다. 할아버지는 내 두 번째 소설책이
나오기 전 돌아가셨다. 돌아간다는 말은 우리에게로
돌아온다는 말.

나는 그가 죽음에 이르고 난 다음 해 그를 꿈에서
만났다. 그는 우리 집 뜰에 계절이 돌아오는 걸 반기고
있었다. 돌아온 겨울과 봄, 나는 병을 진단받은 뒤 그를
자주 만났다. 한번은 꿈에서 그가 비빔밥을 먹었다.
우리가 나물을 넣어 만든 밥이었다. 꿈에서 그는 자주
웃었다.

어린 시절 한번은 엄마가 동생에게 뜰의 텃밭에서
쪽파를 뽑아오라 시킨 적이 있다. 어린 동생이 돌아왔을
때 손에 들려 있었던 건 꽃이 피지 않은 수선화들이었다.
생전에 할아버지는 몇 번이나 그 얘길 하며 웃음을
터뜨렸었다.

한 사람, 더 이르게 이승을 떠난 이도 있었다.
스물아홉에 병으로 세상을 떠난 작은외삼촌. 그는 내가
태어나기 전 죽음을 맞이한 사람이다. 그는 눈썹이
아주 새카맣고 보기 좋았다고 한다. 잘생긴 데다 음악
다방의 DJ를 해서 무척 인기 있는 사람이었다. 공부는
싫어했지만 몸으로 하는 건 뭐든지 잘했고 종일 집에서

음악을 들었다. 엄마는 그가 틀어둔 LP를 들으며 곁에서
빈둥거리는 막내였다.

　엄마는 내게 그에 대해 몇 가지 이야기를 해주었다.
어린 시절 이야기들이었다.

　한번은 오빠들을 따라 뒷산 공원에 보석돌을 주우러
간 적이 있다고 했다. 산의 동굴 같은 곳에서 반짝거리는
수정 조각들을 주웠다고 했다. 어린 나는 엄마와
똑같은 공원에 가서 내 발길이 닿을 수 있는 모든 곳을
살펴보았지만 반짝거리는 돌은 찾을 수 없었다. 대신에
나는 바다에서 둥그런 돌들을 주웠다.

　한번은 오빠들과 함께 눈이 산 가득 쌓인 날 눈썰매를
탔다고 했다. 썰매는 아이들이 직접 만들었는데 작은오빠
뒤에 앉아 탔던 그 썰매가 아이들 가운데서 가장 빨랐고,
작은오빠는 그런 썰매를 잘 만들었다고 했다. 엄마가
썰매를 탔던 그 뒷산 공원에는 봄이면 벚꽃이 만개한다.

　나는 작은외삼촌이 남긴 LP와 카세트테이프의 음악을
들어본 적 있다. 아주 오래전 그의 카세트테이프에서
재즈 기타를 들었다. 짐 홀의 연주와 비슷하고 어쩌면

짐 홀의 연주였겠지만, 나는 그 카세트테이프에 쓰여
있던 연주자의 이름이 짐 홀이 아니었던 것도 같은데,
그 낡은 카세트테이프에서 나온 음악은 지금까지 내가
들었던 모든 곡 가운데 가장 아름다웠다. 하지만 그
카세트테이프는 사라졌다. 연주에 대한 단 한 번의
기억만 남았다.

시절에 대한 기억은 여전히 여기에 있다. 그가 있기에
내가 여기에 있다는 걸 알 수 있다. 시절과 나는 그렇게
서로가 된다.

나의 시골집. 엄마가 외할머니와 잠시 함께 살았던
시골집. 엄마의 그림들이 걸려 있던 시골집. 여름이면
큰외삼촌의 아들인 외사촌이 우리 집에 몇 주씩 머물기도
했다. 여름이 아니라 다른 계절에도 그랬을 것이다.

사촌은 나보다 한 살 어리고 내 동생보다 한 살
많다. 어느 여름 사촌이 가장 길게 우리집에서 묵던
때, 나는 매일 피아노를 쳤고, 어쩌다 동생과 다퉜고,
사촌과 동생, 셋이서 논밭 사이로 난 길 끝의 도깨비집을

보러 갔다. 나무들 속에 숨겨진 빈집이었다. 작고 빨간
뱀딸기들, 줄기까지 짙게 물든 자리공들이 점점이 자라난
길을 따라 걸어야 했다. 검붉은 자리공 열매는 터지면
즙이 울컥 흘러넘쳤다. 자줏빛 즙이 손가락을 순식간에
얼룩덜룩하게 만들었다. 통통한 자리공 열매는 조금
안타까운 데가 있었다. 그렇게나 잘 여물었다는 게,
그리고 터져버린다는 게 사랑스럽고도 속상했다. 우리는
셋이서 자주 모험을 떠나고 비밀들을 만들고 아주 가끔은
춤을 추었다.

　사촌이 놀러 와 내 동생과 셋이서 숨바꼭질할 때면
나는 자주 호수가 보이는 다락에 숨었다. 사촌 없이
동생과 둘이서 숨바꼭질할 때도 그랬다. 그럴 때 우리는
숨바꼭질을 '찾기 놀이'라고 불렀다. 숨겼다가 되찾기
위한 놀이, 내가 너를 찾아 다시 만나는 일로 이루어진
놀이.

　다락에 숨지 않았던 어느 날, 나는 커튼 뒤에 아주
오랜 시간 숨어보기도 했다. 엄마가 만든 아름다운
커튼이었다. 창으로 햇빛이 쏟아져 들어온다면 커튼

뒤 나의 검은 그림자가 고스란히 눈에 보였을 것이고, 바람이 불었다면 커튼이 움직여 내 형체를 드러냈을 것이다. 하지만 그날은 그런 일이 일어나지 않았던 것 같다. 나는 아주 오랜 시간 숨어 있었다. 깜빡 졸았던 건지 아니면 집요하게 기다렸던 건지, 어른들이 놀라서 소란스러워질 때까지 나를 커튼 뒤에 감출 수 있었다.

그 커튼 뒤로 망가진 인형을 숨기듯 버린 적이 있다. 커튼 뒤에선 모든 게 사라진다고 믿고 싶었던 것 같다. 뜰에서 돌아온 망가진 인형은 아빠 손에서 다시 내게로 전해졌다. 나는 죄책감을 느꼈다.

오래오래 커튼 뒤에 숨었던 날, 그 속에서 잠들며 본 것인지, 아니면 가장 긴장해 있던 어느 순간 눈에 남은 것인지, 햇빛을 머금은 커튼 틈으로 보이던 어른들의 모습을 기억한다. 나를 찾지 못하는 바보들, 다정하고 소중한 바보들.

자두나무에 대해서도 말해야 한다. 쉬이 떠날 수 없었던 이유는 나무 때문이기도 했다. 결국은 떠났고 나무는 이제 거기 없을 것이다. 그 나무에 대해 쓸 때면 나무도 지금 여기에 있다고 말하고 싶어진다. 여기라는 건 나를 부르는 말 같다.

여기는 나, 나는 여기. 그 나무는 여기에 없다, 그 나무는 여기에 있다. 있다는 말뜻 속으로 걸어 들어가듯 여기, 나는 다시 그 뜰을 거닐 수 있다. 그게 쓰는 이의 운명인 것만 같다.

모든 나무가 그렇듯이 그 나무에 대해 말하기 위해서는 계절에 대해 말해야 한다. 계절과 시절은 서로 닮은 말이다. 그러니 다시 한번 나는 시절에 대해 쓰는 셈이다.

모든 뜰에는 따스한 계절의 기억이 어려 있기라도 한 걸까. 자두가 익는 계절은 내내 차오르는 볕이기도 하다. 봄이 지나고 여름이 무르익으면 자두가 익었다. 나는 봄과 여름을 분명히 나누지 못할 만큼 어렸다.

키가 아주 큰 나무는 아니었지만 가지가 굵고 튼튼했다. 양옆으로 굵직하게 자라나 두 팔을 껴안듯 펼친 나무였다. 나는 나무를 가족처럼 여겼다. 밟고 싶지 않아 나무를 타고 오른 적이 없다. 봄이 떠나는지, 여름이 돌아오는지, 계절들이 달고 투명하게 뒤섞이는 도중 알맞은 때가 돌아오면 검은 빛깔로 물든 붉은 자두들이 탐스럽게 열렸다. 가지가 부러질 것처럼 가득 열리는 해도 있었다. 검은 껍질을 베어 물어 툭 터뜨리면 금빛 과육이 힘차게 터져 나왔다. 내가 아직 살아보지 않은 모든 해가 거기 툭 터져 나와 있었다. 그건 앞날을 위한 자두였고, 매듭들로 가득한 온갖 전생과 생애를 위한 자두였다. 나를 거기에 태어나게 이끈 모든 것이 고일 듯 넘쳐 흘렀다. 시절에는 생명이 가득했다.

올여름에도 나는 자두를 먹을 수 있다. 자두를 떠올리면 자두 한 알의 무게가 고스란히 손바닥에 전해져온다. 나무에서 갓 딴 자두 향기도 그렇다. 기억은 오래오래 되살아난다.

시골집을 떠나게 되었다는 걸 처음 들었을 때, 어린 나는 잘려나가는 자두나무를 상상했다. 집이 있던 자리엔 아마도 다른 게 지어질 거라 했다. 돌이켜보니 땅을 다른 용도로 쓰려면 그 자리의 나무를 뿌리째 뽑아 평평한

땅을 만드는 게 더 당연했을 텐데, 어린 날의 상상 속에서 나무가 잘린다는 건 그루터기를 남기는 일이었다. 그 사라짐을 떠올릴 때면 숨이 쉬어지지 않을 만큼 슬펐다. 그 슬픔을 흐릿하게 잊고 싶지 않았다. 그건 사랑을 잊는 일 같았다. 소중했던 게 잊히거나, 그 사라짐이 별거 아닌 일이 될 수도 있단 걸 인정하고 싶지 않았다. 어떤 상실은 분명 별거 아닌 일이겠지만 이 사랑은 그렇지 않다는 걸 증명하고 싶었다. 그래야 이 사랑이 있다는 사실을 누군가 믿어줄 거 같았다.

이제는 나무가 사라진다는 건 대부분 그 빈자리조차 남기지 않는 일이라는 걸 안다. 그래서 이렇게 긴 시간이 지난 뒤, 나는 자꾸만 빈자리에 대해 쓴다.

지금의 뜰에 자두나무는 없다. 대신 동백나무가 있다. 이 홑동백 나무에도 매년 꽃망울이 맺힌다. 봄이면 뜰 한구석에 열매처럼 묵직한 꽃들이 떨어진다. 고양이들이 나무 그늘 아래로 꽃들을 밟고 지나다닌다. 그 모습은 애틋하고 은밀하다. 아끼는 심정에 밝히기 아쉬워지는 비밀을 담아낸 문장 같다.

비밀이란 이런 것.

나는 삶을 서사로 바라보며 이 사랑의 서사를 가장 적절한 순간에 결말 짓고 싶다는 충동을 느끼곤 했다. 그게 바로 지금일 수도 있다고 매 순간 떠올렸다. 어린 시절부터 습관이었다. 나는 애도하고 싶었고, 애도의 이야기를 나의 의지로 완성하고 싶었다. 아마도 사과나무 과수원 곁을 달리던 자전거 뒷자리에서, 여름 자두가 열린 나무 그늘 아래서, 매일 다가왔다가 모퉁이 너머로 사라지는 나무들을 만났을 때부터였을 것이다. 매일 자전거 뒤를 따라 짖으며 달려오다가 언제부턴가 더는 만날 수 없게 된 개들을 만났을 때부터였을 것이다.

나는 내가 겪은 찬란함과 그리움, 그로 인한 사랑에서 비롯된 순수한 슬픔, 그게 너무 긴 시간으로 희석되어버리기 전에 오롯한 결말까지를 그러쥐고 싶었다. 문득 내가 나의 결말을 쓰는 일을 어느 밤 어느 새벽 홀연히 상상했다. 하지만 바다로 가득한 먼 곳으로의 여행에서 어떤 분기점이 주어진 순간, 결말은 터져 나갔다. 그리고 새로워졌다.

꽉 쥐어 터져버린 자두처럼, 그 놀랍도록 짙은
생생함과 향긋함과 흘러넘치는 물기와 과육처럼
삶은 내가 예측할 수 있던 서사로부터 넘쳐 범람했다.
여행에서 돌아온 나는 삶 속에 있었다. 서사는 쏘아
올려진 폭죽처럼 팽창하고 무수한 결로 나뉘었다.
생명이란 이야기가 아니라 자유였다. 이야기이기도
했지만 분명히 자유였다.

운명이란 정해진 것이기도 했지만 정해지지 않은
것이기도 했다. 쓰일 수 없는 이야기였지만 이 애틋함
속에서 반드시 써내려가야 하는 것이기도 했다.

나는 다시 한번 집으로 되돌아오고 있었다.

너를 사랑해. 너는 거기에 있다.

너를 사랑해. 너는 여기에 있다.

몸이 약한 아이가 자라나 몸이 약한 어른이 되었다.
병은 그걸로 충분히 설명되었다. 한편으로 나는 너무
깊은 사랑이 내게 병이 되었다는 걸 알았다. 내가 태어나
이렇게나 순수하고 또렷한 사랑을 앓고, 그 증표를

지녔다는 게 애틋했다. 여기 나의 진심 어린 모든 것이
있었다. 진심으로 아파하는 이들만이 사랑을 할 수 있다.
사랑은 온갖 곳에 있는 말이지만 그걸 갖는 이들은
드물다. 그 드물고 귀한 것이 내게 있었다.

　가슴의 병은 가슴의 돌멩이. 생명의 응어리. 덩어리져
떼어낼 수 있을 만큼 불거진 사랑의 증상. 앓으며 나는
기록한다. 글을 쓰고 아주 오랜만에 다시 그림을 그린다.
기억 속에서 그림 액자들이 걸린 긴 베란다와 그 흰 벽에
이어진 나무 창문들 밖의 풍경을 떠올린다. 글이 되고
그림이 되는 기억이 있고 그걸 이야기할 수 있는 내가
있다.

　뒤돌아보기의 마법, 그것은 이렇게 주어진다. 나도
모르는 병을 앓던 겨울, 나는 기차를 타고 이어진 여정에
대해 쓰고 싶다고 생각했다. 기록하기를 선택했다.
언젠가라고 생각한 때가 지금이라는 걸 알아차렸다. 나는
내가 사랑하는 것들에 대해 기록하고 싶었다. 어쩌면
거기에 모든 게 있다.

　어느 밤 잠이 오지 않아 눈을 감고 있는데 사라진

작업 하나가 기억났다. 오래전 엄마의 작업이었다.

모두가 아끼던 짙은 파란색 유리컵이 깨졌다. 별과 달이 금빛에 가까운 노란색으로 프린팅된 컵이었다. 엄마는 깨진 유리 조각들로 콜라주 작품을 만들었다. 콜라주에서 깨진 것들을 감싸고 있는 건 풀을 먹인 휴지였다. 나는 석고나 지점토를 사서 만들지 그러느냐고 물었는데 엄마는 그러고 싶어 하지 않았다. 엄마는 늘 즉흥적으로 여기 있는 모든 걸 재료로 삼아버리곤 했다. 그러다 한 꺼풀 짓는 과정이 지나가면 한 계절이 훌쩍 자리를 뜨듯 그것을 뒤로 했다.

엄마는 반짝이는 날카로운 것들을 감싸 오래된 물감, 오래된 크레용으로 물과 물고기를 그려 넣었다. 깨진 컵 조각들을 붙여 만든 밤하늘 아래 물고기가 살고 있었다. 아빠가 흰 액자에 그들을 끼워 넣었다. 아니면 오래된 액자에 엄마가 하얗게 칠을 했을 것이다.

그러나 아마도 그즈음부터, 아니면 그보다 더 오래전부터 엄마는 자기 작품을 집에 걸고 싶어 하지 않았다. 그러다 다시 시간이 흘러 어느 날 내가 창고에 보관된 엄마의 그림 몇 점을 다시 꺼냈다. 액자를 닦고 그림의 수를 셌다.

지금 계단의 책꽂이들 사이에는 오리 그림이, 거실에는 제목이 없는 다른 그림이 있다. 거실에 있는 그림은 해 질 녘 노을을 바라보려 모인 사람들의 모습처럼 보인다. 동생 방에도 자그마한 엄마 그림이 한 점 있다. 엄마는 동생 방에 있는 그림을 마주칠 때마다 작은 오빠가 그 그림을 좋아했었다고 말하곤 한다. 나는 어릴 때부터 그 자그마한 그림이 초록색 얼굴처럼 보인다고 생각했다.

엄마의 깨진 유리컵 작업은 오랫동안 창고에 그대로 있었다. 그 컵을 깨뜨린 건 나였다. 어쩌면 그래서 오랫동안 그 그림을 꺼내오지 않은 건지도 모른다. 내가 유리컵 그림을 다시 떠올린 건 이 여름이 되어서였다. 깨진 걸로 만든 아름다움이 그리웠다.

어느 아침, 나는 엄마에게 유리컵 그림과 그 그림의 파랑, 별과 바다에 대해 이야기했다. 오래전 엄마는

깨진 걸 이어 붙였다. 아끼던 컵을 깨뜨린 나를 가장
잔인하게 다그친 이는 다름 아닌 나였다. 나는 내가
싫었다. 무언가를 깊이 아끼고 마는 마음도 싫었고, 그걸
끝내 망가뜨리는 어수선함도 싫었다. 엄마는 내가 무슨
말을 하든 말을 들어먹지 않을 거란 걸 알았다. 어린
나는 고집스럽고 까탈스러웠다. 무언가를 깊게 아끼는
마음을 가진 만큼 무언가를 깊게 용서하지 않는 마음도
가지고 있었다. 그 대상이 나일수록 그랬다. 그래서
엄마는 그런 나를 마냥 달래는 대신, 깨진 걸로 더 근사한
걸 만드는 길을 가르쳤다. 내가 나를 용서하는 길을
함께 헤매어나가기 위해서였다. 나는 엄마의 작업에
매료되었다. 신빈, 엄마의 이름을 내 엄마의 것이 아니라
나를 매료시킨 작가의 것으로 삼았다.

어떤 일은 찾아온다. 어떤 일을 기다려야만 한다고
느낀다면 그것은 끝내 온다. 기다림을 잃었다면 그도
되돌아올 것이다. 그 겨울, 어쩌면 내게 큰 병이 있을지도
모른다는 사실을 처음 전해 들었던, 검사를 예약했던

바로 그 주에, 나는 퇴근하고 미술평론 한 편을 썼다.
사흘 정도 걸린 글이었다. 양혜규 작가의 작업에 대한
얘기였고 경계와 신, 신화, 디아스포라, 파편, 사랑이
등장했다. 겨울이 지나간 뒤 주위에서 왜 그때, 그러니까
바로 그런 일이 벌어진 순간에 미술평론을 썼는지 물어
왔다. 그때까지 나는 그 일을 새삼스럽게 돌아볼 여력이
없었다. 하지만 사람들이 좀 신기한 얘기라는 듯 반응을
보이니 스스로도 좀 신기한 일이라는 생각이 들었다.

　　이 물음의 답을 더듬어 찾아가게 된 건 글을
쓰면서다. 이걸 쓰면서도, 사실은 내가 쓰려는 일에 대해
제대로 기록하지 못하고 있다고 느낀다. 어떤 일들은
도무지 그 의미를 제대로 전달할 수 없다는 느낌이 든다.
내게 이 일도 그렇다. 일련의 아름다움, 혼몽함, 연결에
대한 더듬거림 같은 게 뒤섞여 있다.

　　더듬거리며 헤아려 답하듯 써본다. 내게 큰 병이 있을
거라는 소식을 들었던 그 주…… 나는 미술 작품에 대해
쓰며 그들이 자리한 장소를 찾아보았다. 전시 장소는
다채로웠다. 화이트 큐브이기도 하고 더 널찍한 창고형

공간이기도 하고 높다란 곳의 공중이기도 했다. 어느 곳이든 거긴 예술의 자리였다. 예술에게는 생명이 있다. 외면당하는 순간에도 숨을 쉬는 생기가 존재한다. 예술의 베일, 작업의 공기, 영혼과 닮은 어떤 것이다.

어린 시절, 기다란 베란다 끝까지 걸어갈 때마다 바로 그런 휘장이 나를 감싸는 걸 느꼈던 게 떠올랐다. 시골집 베란다 끝과 다락의 창가는 집에서 가장 고요한 곳들이었다. 엄마의 그림이 줄지어 걸린 베란다를 끝까지 걸어가면 흰 목마가 놓여 있었다. 사랑하는 그림들 끝에서 나를 기다리는 말의 오브제. 더는 직접 타지 않는 말은 시절의 메타포가 되었다. 다락방의 창문 멀리로 보이던 은빛 호수처럼.

죽음의 얼굴은 영혼을 들여다보게 만든다. 여기 생명이 있다는 걸 온몸으로 느끼도록 한다. 나는 끝까지 '나를 살고' 싶다고 느꼈고, 그건 그 베란다와 엄마의 작업을 떠올리게 하는 일이었다. 그 베란다는 내게 예술의 장소이기도 했고, 이젠 뜰이기도, 이 집의 천장까지 이어지는 키 큰 책꽂이이기도, 고양이와 개가 누워 있는 풍경이기도 했다.

거기로 돌아가기 위해 나는 몇 년 동안 계속 기차에
올랐다. 비로소 그렇게 쓸 수 있었다. 모든 걸 믿을 수
있었다. 나는 달아나더라도 계속 그곳으로 돌아가기를
고집했다. 계속해서 그곳을 찾고 있었다.

문득 빛깔들이 보고 싶어졌다. 여름이 오며, 나는
글을 쓰는 한편 환상에서 빛을 빌려오듯 그림을 그리기
시작했다. 환한 빛깔들이 회랑에서 일렁거렸다. 크고 흰
벽돌로 지어진 벽과 붉은 바닥을 가진 유년의 성소였다.

나를 실은 기차는 번번이 사랑에게로 돌아가고
있었다. 사랑에게, 나에게, 시절에게.

어린 날 엄마의 그림 액자들이 걸려 있던 베란다에
다다라서야, 나는 비로소 지난겨울 내가 죽음을 떠올리며
미술에 대한 글을 쓴 이유를 조금 더 헤아릴 수 있었다.

미술의 장소가 그렇듯, 쓰는 이에게 글은 성소를
닮는다. 예술의 베일. 거기 닿기 위해 나는 문학과 미술을
누빈다. 그렇게 나를 들여다보고 돌보며 펼쳐놓는다.

바치고, 바치고, 무언가가 사라지고, 무언가가 생겨난다.

나는 실마리를 찾으며 여기 비어 있고 넘실거리는
자리를 두리번거린다. 그건 예술과 이야기의 모험이기도
하다. 실마리들이 이야기를 써내려가는 중이었다.

봄이 무르익던 어느 저녁에는 어린 시절부터
간직해온 목걸이 하나를 꺼냈다. 시골집에서의 물건.
반투명한 청옥색과 검정색, 노란색, 빨간색, 회청색
유리 구슬들과 모조 진주들로 엮인 목걸이였다. 어릴 때
고모에게서 선물 받은 나무를 엮어 만든 물고기 조각
보석함에 나는 그런 오래된 보물들을 모아두었다. 그
안에는 엄마가 수십 년 전 샀던 진주 귀걸이, 어디였는지
정확히 기억나지 않는 외국 여행에서 기념품으로 산
토속적인 나무 조각, 알록달록한 구슬, 아주 작은 도자기
인형 같은 것들이 들어 있다. 나는 거기서 꺼낸 목걸이의
낡은 줄을 자르고 구슬들을 씻어 가족들에게로 가져갔다.
친구가 재작년에 만들어준 뜨개 오리에게 눈을 달아줄
생각이었다.

목걸이 줄을 자르는 순간 거기 오래 꿰어져 있던
작은 유리알들이 와르르 도자기 그릇으로 쏟아졌다.
소리마저 반짝거렸다. 나 혼자만 알고 있던 보석들이
작은 그릇에 담겼다. 오리에게 초록빛 눈을 주려고
생각했다. 푸르거나 검은 눈일 수도 있었다. 엄마와
아빠에게 가져가 물어보니 노랑을 골랐다. 동생도 노랑을
골랐다. 나는 엄마에게 눈을 달아달라고 부탁했다. 엄마의
조그맣고 부드러운 손이 바늘을 쥐고 실과 구슬을 꿰는
걸 지켜보았다. 오리의 눈동자는 노랑이 되었다. 빛을
받으면 촛불처럼 빛나는 눈이었다. 내 고양이 시루떡의
눈을 닮아 있었다.

　나는 인형을 뜨개질한 친구에게 노란 눈이 생긴 오리
사진을 보내주었다. 친구는 나와 샌프란시스코로 여행을
다녀온 이였다. 이런 일들은 모두 내 비밀의 일부였다.

　아주 어린 시절이 지난 뒤, 나는 줄곧 새 공책에
뭔가 쓰거나 그리고 나면 그 첫 페이지를 찢어버리고
싶어졌다. 내 눈이 본 것, 내 몸이 감각하는 색채와 형체,

더 감각적인 것, 그걸 견뎌내는 건 사랑을 견디는 일이다.
그러나 어느 아침, 나는 이제는 세상을 떠난 큰아버지가
초등학생이던 내게 사주었던 오래된 수채화 색연필
세트를 꺼냈다. 나는 가족들에게 내가 그린 고양이들을
보여주었다. 내가 처음 그린 그림일기는 시루떡의 노란
꼬리였다. 토마스 아퀴나스의 손녀이자 얼룩이의 딸인
시루떡. 어쩌면 회색이의 딸이기도 할 시루떡. 눈이
노랗고 등도 꼬리도 노란 시루떡.

시루떡이지만 시루라고 더 자주 불리는 나의
작은(얼굴은 작지만 몸은 꽤 커진) 고양이. 그의 족보는
내가 아는 것보다 더 어마어마할 것이다. 그는 내가 돌본
고양이들과 돌보지 않은 모든 고양이들이 내게 안긴
혈육이다. 얼굴엔 흰 털과 노란 털이 오밀조밀하게 섞여
있다. 호박색 눈동자에 담기는 눈빛은 놀랍도록 기민하다.
내가 처음으로 기차를 타고 학교를 다니게 될 무렵, 이
작은 고양이의 운명이 수레바퀴를 굴리기 시작했을
것이다.

이 작고 애교 많으며 탐욕스럽고 뱃살 찐 고양이는

나를 좋아했다. 나도 그가 좋았다. 그는 차도 기차도 타고
싶어 하지 않았고, 집 밖으로 나가고 싶어 하지도 않았다.
나는 그가 싫어하는 그 모든 걸 좋아했고, 그에게로
돌아오곤 했다.

　꼬리만 보이는 노란 고양이 그림은 한동안 그리다 만
상태였다. 어느 저녁 나는 거기에 수레국화와 양귀비를
그려 넣었다. 그들이 그림을 좋아해줘서 기뻤다. 다음으로
그린 건 뜰의 고양이들이었다. 나는 여러 날에 걸쳐
조금씩 천천히 그림을 그렸다.

　어느새 뜰에 깔린 돌 틈으로 키 작은 서양제비꽃이
잔뜩 피어나 있었다. 새카만 고양이 시금자떡(시금자떡은
전라도 사투리로 검은깨떡을 뜻한다)이 보라색과
노란색으로 얼룩진 키 작은 꽃덤불에서 기지개를 켠다.
그의 형인 희고 노란 고양이 가르마(가르마는 흰 얼굴에
이마에는 시옷 자 무늬로 노란 털이 있다)는 보드라운
구름처럼 웅크린 채다. 이들은 모두 토마스 아퀴나스의
후예다. 내가 이름을 붙인 마지막 후예들이기도 하다. 저
거리에는 이름 모르는 수많은 후예가 존재한다.

　　슬리퍼를 신고 뜰로 나가면 시금자떡이 가르랑거리며
다가온다. 가르마는 초록색 눈으로 나를 보며 움직이지
않는다. 나는 양귀비와 수레국화 사이로, 노란 백합과
흰 백합 곁으로, 어둡지만 싱그러운 녹색으로, 우거지는
서양단풍나무 아래로 걸어갈 수 있다.

　　6월이 되며 수국이 활짝 피었다. 커다란 수국은 뜰의
거인들 같다. 나는 천천히 그려나가던 뜰의 고양이들
그림의 마지막 빈자리에 수국을 채워 넣었다. 흰 수국,
분홍색 수국, 푸른 수국. 여름이 우거지는 중이었다.
나는 많은 꿈속에 있었다. 밤에 문득 잠에서 깰 때면
행복하다는 게 느껴졌다.

나무 왕의 방

나는 자유로운 여행자였다. 늦봄에서 초여름 사이,
느릿느릿 가는 무궁화호 차창 밖으로 찬란한 녹음이
완행했다. 평소에는 KTX만을 타곤. 했다. 하지만 이번에는
그럴 필요가 없었다. 차창 너무 풍경은 언제나 서성거렸고,
언제나 방향을 잘 정했다.

익산은 어디로든 쉽게 갈 수 있는 도시다. 그런데도
기차를 타고 서울 아닌 다른 데로 가는 일도 재밌다는
걸 알게 된 건 처음이었다. 익산에서 대전까지 가는
데는 한 시간 정도 걸렸고, 무궁화호 열차를 기준으로
5,300원이 들었다. 대전, 여수 더 가깝게는 군산과
전주 같은 곳들에 쉽게 닿을 수 있었다. 오랜만에 오른

무궁화호에서 나는 정해진 좌석 아닌 비어 있는 휴게
공간에서 좀더 시간을 보냈다. 무궁화호의 휴게 공간에는
차창 아래로 길고 노란 테이블이 있다. 나는 볕이 드리워진
테이블에 앉아 그리다 만 그림을 들여다보았다. 꼬리만
보이는 고양이 그림.

창밖으로 지나가는 논밭과 나무가 암시나 은유처럼
반짝거렸다. 그걸 보고 있으면 기분이 좋았다. 예전에
나는 내 글과 그림을 좋아할 수 없었다. 내 안쪽을
들여다보는 일이 나를 좋아하는 일인 건 아니었다.
그러나 다시 변해가는 게 느껴졌다. 〈나무 왕의 방〉을
썼을 때가 떠올랐다. 그 무렵 나는 글을 쓰는 게 불편했다.
더는 쓸 이유가 없는 것 같았다. 그러다 도시에 대해 쓸
기회가 주어졌다. 도시가 우리에게 무얼 남기는지, 무얼
앗아가는지에 대해 쓰고 싶었다.

　　모든 도시는 강과 길로 이루어져 있죠. 강은 몸, 물, 별, 바다죠.[*]

[*]　　최영건, 〈나무 왕의 방〉,《연인을 위한 퇴고》, 민음사, 2024, 214쪽.

〈나무 왕의 방〉에서 내가 쓴 것은 어린 날 만나고 헤어졌던 아주 커다란 나무 이야기다. 어린아이의 눈으로 보아서일까. 그 방에는 매번 부연 빛이 있었다. 빛 너머 모습들을 들추는 건 이제 중요하지 않을 것이다. 그 부연 빛은 비밀의 실마리다. 그 방은 내가 쓰고 싶은 장소들과 닮아 있다.

그 방은 이리의 거리에 있었다. 이리는 익산의 지나간 이름이다. 그 이름이 사라진 이후 시간이 흐르면서, 나는 오랫동안 그 거리를 제대로 들여다보지 못했었다. 거리를 상실의 은유로 삼아버린 탓이었다. '왕궁'의 첫 시골집이 내가 두고 온 곳이라면 이리, 지금의 익산의 원도심은 나를 두고 떠나버린 것들의 장소였다.

나는 기차역을 둘러싼 원도심이 서서히 쇠락하는 것을 겪으며 성장했다. 거리들이 한 사람을 떠나는 일은 무지막지하고 황폐하다. 사랑했던 것들이 가장 허름한 형태로 훼손된다. 붐비던 곳이 황량해진다. 사라지거나 빛바랜다. 안쪽에는 더는 사람을 끌 수 없게 된 것들이 고스란히 방치되어 있다. 기어코 모든 게 달라진 것이다.

그것들은 연극의 무대장치처럼 감춰지거나 없어지지
않는다. 천천히 낡아가며 거리에 시간의 낙인을 남긴다.
나는 이런 일의 놀라움을 오랜 시간이 지난 지금에서야
증언할 수 있다.

이리와 삼례, 왕궁은 서로 거의 하나의 지역처럼
가깝다. 왕궁의 시골집에 살 때도 내 생활은 이리에
걸쳐져 있었다. 할아버지와 할머니의 집이 이리에 있었고,
나는 이리의 초등학교에 입학했다. 유치원을 다니지 않은
내게 초등학교는 가족 아닌 최초의 공동체였다. 내가
의식적으로 인지한 사회의 첫 영역은 이리에서 열렸다.

학교 바로 옆에 작은 2층 건물의 서점이 있었다.
나는 학교를 마치고 서점에 들러 새로 들어온 책들을
조심스럽게 구경하곤 했다. 서점 주인아저씨는 웃음이
많은 분이었는데 아빠와 아저씨가 이야기를 나누는 동안
나는 새로 살 책을 고를 수 있었다. 실은 반대로 아빠가
나를 기다리고 있었을지도 모른다.

기차역 앞 큰길에도 서점이 있었다. 학교 옆 서점보다
더 큰 서점이었다. 엄마와 동생, 셋이서 매일 한참씩 그

서점에 머물곤 했다. 그러다 나와서는 시장에서 떡을
사 먹거나 제과점에서 빵과 과자를 사 먹었다. 나는
속에 잼이나 크림, 단팥 같은 앙금이 든 빵은 싫어했다.
부드럽고 담백하게 만든 시몬 케이크나 더 담백한 바게트
같은 것만 먹으려 했다. 그래도 아몬드 센베이나 두부
과자는 좋아했다.

　문구점도 있었다. 제과점과 서점과 문구점을 도는
게 엄마와 동생과 나의 산책이었다. 그러다 직장에서
돌아온 아빠를 만나 집으로 돌아가곤 했다. 문구점에 갈
때면 나는 매번 새 수첩과 노트에 빠져들었다. 번번이
나를 사로잡은 건 그것들의 표지와 디자인보다도 새하얀
안쪽이었다. 아직 아무것도 쓰여지거나 그려져 있지
않은 그 순백의 무결함이 깊이 탐났다. 내가 무언가를
해보려다가 망치고 말았다고 느낀 종이들이 늘어갈수록
그랬다. 한번은 어디선가 선물로 받은 노트에 어떤
이야기를 조금 써본 적이 있었다. 글씨보다도 그림이 더
많았기에 썼다기보다는 그렸다고 말하는 편이 적절했다.
하지만 결국 나는 그걸 없앴다. 혹은 어딘가에 감추고

말았다. 동생은 내가 그런 식으로 없애버리는 기록들을
안타까워하며 훔쳐 숨기곤 했다. 나는 계속해서 새로운
순백과 무구를 구입했다.

돈으로 정말 원하던 종류의 새롭고 아름다운 시작을
살 수는 없었다. 나는 계속해서 종이를 망치고 그걸 찢고
감췄다. 엄마는 매번 문구점에서 새 공책을 사주었다. 새
공책을 사는 것, 이번에야말로 맑고 풍요롭고 모든 걸
닮은 빛깔을 기록할 수 있는 종이를 고르는 것, 내가 가장
심혈을 기울인 일이었다. 가장 좋아하던 순간이기도 했다.
그 신중한 작업이 끝나면 나는 빵과 책과 노트를 가지고
아빠를 만나 집과 다락과 호수로 돌아갔다. 초저녁
별이 떠오른 푸른 시골길의 모퉁이를 돌아 뜰을 향해
나아갔다.

거리의 쇠락은 그때부터 천천히 퍼지고 있었다.
처음에는 하나가, 그다음에는 둘이 떠났다. 셋이, 넷이,
다섯이 문을 닫고 사라졌다. 가게가 떠나도 간판은 남아
있었다. 뒤이어 들어오는 이가 없어서였다. 늘 열려 있던
곳이 더는 열리지 않게 된 것, 그럼에도 간판만은 남아

빛과 비와 눈에 낡아가는 모습을 지켜보는 것, 그게
내가 겪게 된 일이었다. 어릴 때 가족과 갔던 극장 문이
닫혔다. 더는 열리지 않게 되었지만 시설은 철거되지
않은 그대로였다. 운영이 중지된 극장 안쪽에 붉고 검은
의자들과 까만 스크린이 남겨졌다. 언젠가 우연히 극장의
열린 문 틈새로 그 까맣고 붉은 것, 그늘지고 고요한 것을
본 것도 같다. 환상일지도 모르는 기억이다.

그걸 황폐라고도, 처연함이라고도, 이별이라고도 부를
수 있을 것 같다. 온 도시가 나를 떠나는 경험이었다. 나는
생생하던 거리가 어떻게 낡고 닳아 형체를 잃게 되는지,
벽들이 어떻게 금이 가는지, 가게들이 폐업한 뒤로 그 빈
곳이 어떻게 남겨지는지를 보았다.

지방 도시들은 사라짐이라는 말로부터 피상성을
지운다. 거리의 인파가 사라지고 나면 이윽고 그곳은
아무것도 없는 곳이라는 말을 듣기 시작한다. 거기가
정말 아무것도 없는 곳이 되는 건 아니다. 남아 있는
사람들이 있다. 그러나 나는 소멸에 압도되었다. 개인이
할 수 있는 일의 조그마함, 그 무기력함에 압도되었다.

돌이켜 기꺼이 압도되었던 것일지도 모른다. 고양이들을 만나고, 오이를 만나고, 기차를 타고 집과 대학을 오가는 생활을 하는 동안 나는 나의 집을 사랑했지만 원도심의 거리들까지 제대로 들여다보지는 않았다. 쇠락과 사라짐의 상징성만을 전시 작품 보듯 감상했다.

원도심 거리를 거닐 때면 시간의 흐름, 영원, 사라짐, 사그라짐 이후로 자리 잡는 평온에 대해 생각하지 않을 수 없었다. 그 집요하고 강력한 상징성은 거리 전체를 유기적인 전시 공간처럼 느끼게 만들었다. 비애라면 압도적인 비애, 아름다움이라면 압도적인 아름다움이었다. 시간과 소멸의 미학. 〈나무 왕의 방〉의 배경이 된 건 그들이었다.

어느 날은 나무가 사라지게 될 것을 알았어요. 그 왕국에 밑동조차 남지 않게 될 거라 했죠. 나는 막을 수 없었어요. 그가 서 있는 땅의 무엇도 내 것이 아니었죠. 그가 사라진 곳엔 무언가가 생겨날 거라 했지만 나는 그런 말들을 이해할 수 없었어요. 나의 것, 나의 바깥에 놓인 것.

나는 나무의 왕이 어떻게 사라졌는지 보지 못했어요.[*]

'나무 왕'은 어린 내가 좋아한 이리의 문구점 뒤에
서 있던 플라타너스나무다. 할머니 집 2층 방의 창문을
열면 얼굴을 마주하듯 그 나무와 만날 수 있었다. 손 같고
팔 같던 나뭇가지들, 노래 같고 표정 같던 잎사귀들이
창을 통해 쏟아지듯 들어왔다. 나무를 자른 건 문구점의
결정이었다. 거리는 쇠락하고 있었고 그런 가운데서
일어나는 일 중 하나로 나무는 잘렸다. 문구점은 가게를
키워 다른 여러 가지 물건을 팔게 되었다.

최초의 집을 떠나며 두고 온 자두나무, 이리의 방에서
이름을 붙였지만 잃어버린 나무 왕. 그렇게 나무들은
자꾸 사라졌다. 어린 나는 그때 일어난 일들을 이해하지
못했다. 슬픔은 느낄 수 있었다. 나무가 잘린 건 괴로운
일이었다. 거리들이 비슷비슷해져갔다. 어디든 쇠잔히
비어갔다. 한동안 내겐 모든 곳이 비슷하게 보였다. 나는

[*] 〈나무 왕의 방〉, 앞의 책, 218쪽.

그들을 뭉뚱그려진 상징, 상실의 은유로 느꼈다.

내가 나무 왕에 대해 쓰게 된 건 서울도시건축
비엔날레에 참여하게 되면서다. 오래전부터 나는 내내
그 나무에 대해 쓰고 싶었다. 다만 혼자서는 쓸 용기와
계기를 마련하지 못하고 있었다. 그러다 서울 청계천과
세운상가에 파빌리온을 설치하는, 도시와 장소에 대한
프로젝트에 참여하게 되었다. 도시, 거리, 기억에 대해
써야 했다. 서울은 사라짐으로 이루어진 도시였지만 그
사라짐이 가속화되는 새로움으로 지워지고 분열되는
장소이기도 했다. 내게 '나무 왕'은 사라짐의 기호였다.
사랑한 것들과 그 빈자리를 부르는 이름이었다.

〈나무 왕의 방〉이 책으로 출간된 해에 나는 비로소
익산, 이리를 조금 더 들여다보았다. 죽음의 표정을
더듬거려본 덕분이었다. 모든 게 내게 연결된 별자리처럼
느껴졌다.

여름이 되어, 목요일이면 문을 열어 일요일에 문을
닫는 익산의 빵가게 '그라운드'가 문을 연 지 5년을
맞았다. 봄부터 나는 그라운드의 통밀식빵에 푹 빠져

있었다. 오전에 집을 나서 그라운드에서 토마토수프와
빵을 먹고 중앙시장 옆 카페 '르물랑'에서 따듯한 커피를
마시며 책을 읽는 날들이 늘어갔다. 르물랑Le Moulin은
프랑스어로 방앗간이라는 뜻이다. 이곳에서는 연극을
사랑한 두 사람이 치열하고 따듯하게 맛있는 커피와
디저트를 내놓는다. 여름이 무르익는 동안 나는 여기서
매번 바뀌는 테이블의 꽃들을 보고, 커피를 마시고, 조금
읽고, 조금 쓰며 지냈다. 르물랑이 한가할 때면 카페의
주인인 유진, 마르땅과 이야기를 나누었다.

　에디오피아 원두로 따듯한 커피를 주문하면 한
잔에 십억이라고 답해오는 마르땅의 웃음을 만날 때,
근사하고 온기 어린 글을 쓰고 옮기는 유진과 마주 앉아
있을 때면 나는 행복하면서도 조금 어리둥절했다. 계속
돌아오면서도 계속 달아나게 되었던 거리가 언제 이렇게
또 달라진 건지……. 거리는 살아 있었다. 상실과 소멸의
메타포, 그런 낙인에 아랑곳하지 않으며 자생하고 있었다.
희미하던 것들이 끈질기게 생명력을 내뿜었다. 나는 그
어슴푸레한 존재를 비로소 알아차렸다. 거기 깃든 힘을

삶이라고 부르고 싶어졌다.

동네란 그저 낱말이 아닌 체험이다. 폐쇄적인 동네가 고여 있어 만들어내는 부정적인 면모도 없을 수는 없다. 하지만 나는 운이 좋았다. 봄과 여름에 걸쳐 동네에서 친구들을 사귈 수 있었다. 병을 치료하며 내가 한 일들은 모두 그런 연결에서 비롯된 것들이었다. 친구들, 가족들이 있었다. 초여름과 늦여름이 그렇게 이어졌다.

친구를 만나고 거리를 산책하다 집에 돌아와 문을 열면 엄마가 새로 꾸민 현관이 나타났다. 엄마, 신빈은 오랜만에 다시 붓을 들고서 여름을 보내는 중이었다. 나는 그 곁에서 그녀가 자신의 오래된 그림과 액자를 손보는 걸 지켜보았다. 자신의 오래된 한복에서 초록과 붉음을 오려내어 가방으로 다시 만드는 모습, 그녀가 오려내고 수놓은 사랑스러운 잎사귀들을 보았다. 아침에 일어나면 시루떡과 길고 다정한 인사를 나누고 벽에 걸린 신빈의 작품을 지나 욕실로 향했다. 깨진 파랑 컵 조각들로 하늘을 만든 콜라주에서는 아침과 더운 여름 오후, 검푸른 밤마다 별들이 바다에 잠겼다.

여름에 내내 카페와 빵집을 오가며 마음껏 책을
읽었다. 예술의 장소에 대한 글을 읽는 게 유독 좋았다.
미술의 성소, 문학의 성소, 어린 날의 성소, 오늘의 나를
나로서 살게 하는 자리에 대한 글이 좋았다. 집에서 읽던
책들을 가방 가득 담아 바깥으로 나서면 더위 너머 기분
좋은 곳들이 있었다. 나는 오래된 거리를 따라 안쪽에서
바깥쪽으로, 다시 바깥쪽에서 안쪽으로 거닐었다.

익산이 아닌 서울에서도 책을 읽었다. 친구들의
작업실과 대흥역의 '서점극장 라블레' 그리고 여러
영화관을 오갔다. 친구와, 더러는 우연히 모인 작업자들과
워크숍과 전시를 계획했다. 그렇게 계속된 나의 기차
여정, 달아나고 되돌아오기, 아침과 밤이라는 백과 흑을
연결하기, 쓰기, 모이고 흩어지며 대화하기.

나는 나를, 우연과 운명을, 그리하여 함께 모이는
내밀함들을 상상했다. 영문 모를 예감에 집으로 돌아오기
두려웠던 샌프란시스코 여행으로부터 돌아오고, 파주에서
돌아와, 미술과 문학에 대해 쓰고, 병을 치료하고, 멀고
가까운 도시들을 오갔다. 나는 다시 기차에 올라 이

시절을 엮어나가고 있었다.

여기까지 쓰고 나서 나는 다시 한동안 이 글을 이어
쓰지 않았다. 지난번과 달리 슬픔 때문만은 아니었다.
책이 출간되고 다른 일들도 생겨나면서 몹시 바빠졌다.
이 다음에 이어나갈 문장을 정하기 어렵기도 했다.

모험과 여행, 그에 대한 기억, 그보다 더 깊은 기억이
있었다. 글은 이미 쓰여지고 있었다. 나는 이야기가
아니었지만 글은 이야기로서 완성되어야 했다.

9월 말에는 빨간 꽃을 훔친 모험에 대한 글을 소리 내
읽었다. 서점극장 라블레의 목요낭독회에서였다. 낭독자
지수 님이 《연인을 위한 퇴고》에 실린 그 글(작가의 말)과
〈나무 왕의 방〉을 연달아 읽어주었다. 한 사람이 다른
사람이 쓴 것을 소리 내 읽을 수 있다는 사실이 신기하게
느껴졌다. 우리에겐 목소리가 있었다. 글이 있었다.
낭독자들은 모험가다. 목소리들은 태어나는 순간부터
여행한다. 낭독 속에는 내가 훔쳤거나 그렇게 하지 못한

환한 꽃이 있었다. 읽고 쓰는 이들은 몇 번이고 쓰인 것을
다시 만날 수 있다. 그날 나는 쓰다 만 것을 낭독했다.
쓰다 말아서 사라질 수도 있는 것, 거기에 그걸 나비처럼
날도록 두었다.

　계절이 바뀌는 동안 좋은 일들을 많이 겪었다.
커피와 자두, 고구마를 많이 먹었고 어린 시절을 함께한
자두나무를 자주 떠올렸다. 그걸 말로 한 적은 없었지만
어째서인지 아빠는 어떤 해보다도 많은 자두를 샀다.
자두들은 하나같이 탐스럽고 싱그러웠다. 탐스럽고
싱그럽다는 말에 여름 자두 냄새가 담긴 듯했다.
그리고 포도 향기가 나는 커피, 르물랑의 마르땅에게
프랑스어로 건네는 오후 인사, 또 보자는 프랑스어 인사
"오흐부아Au revoir"를 다른 이가 쓴 시의 한 조각처럼
발음하던 순간들, 아침에 모여 익산에서의 북토크를
계획했던 날이 있었다. 초가을 추위가 찾아오니 이불
속에 기어 들어오는 고양이 시루떡이 작은 난로 같았다.
아침저녁으로 뜰에서는 시금자떡과 가르마가 아빠에게
간식 캔을 달라고 가르랑거렸다. 가르랑이라는 말로는 다

담아낼 수 없을 만큼 떼를 쓰며 울었다. 오이도 그랬다.
자두를 탐내고 고구마를 탐내고 낮잠을, 조용함을, 이른
아침의 첫 끼니를 탐냈다.

카페 르물랑에 이웃 친구들이 모였던 어느 아침. 나는
〈나무 왕의 방〉에 나온 '나무 왕'이 바로 여기 살았었다고
얘기했다. 우리는 이 거리를 알았다. 그건 바로 여기 살고
있던 나무였고, 나무가 사라졌을 때 내겐 사라짐이 그린
마음의 지형도가 남았다. 나무가 사라진 거리에서 그런
것을 소리 내어 읽는 밤이었다. 애도의 밤. 시장 곁 하늘의
알전구들이 검푸름 안쪽에서 희게 반짝거리던 밤.

나는 치료를 받으러 계속 기차를 타고 서울과
익산을 오갔다. 어떤 날엔 여행길에 오르는 기분이었고
어떤 날엔 그저 몹시 집으로 돌아가고 싶었다. 어떤
날엔 어느새 생겨난 즐거운 일에 풍덩 잠기고 싶었고
어떤 날엔 내가 아직 모르는 먼 곳이 그리웠다. 올가
토카르추크는 아직 태어나지 않은 딸에 대한 그리움을
기억해내는 어머니에 대해 말했다.* 아직 거기 없는
것에 대한 그리움, 그건 그리워하는 것이 거기 분명

존재한다는 뜻이다.

10월 중순에는 병원으로부터 기다리던 검사 결과를 받았다. 단번에 좋은 검사 결과를 받을 수 있다면 좋았겠지만 그렇지는 않았다. 엑스레이 결과에 조금 불분명한 부분이 있어 확대 촬영이 필요하다고 했다.

그 얘길 듣고 돌아오는 길에 기차에서 책을 펼쳐 읽었다. 올해 내가 나에 대해 알게 된 건, 상상 가능한 피로 이상의 피로가 찾아든 순간에도 가방에 책을 갖고 다니고 싶어 한다는 거였다. 내가 더는 무엇도, 심지어 나조차 되지 않는 듯한 순간일수록 그랬다. 되도록 종이책이 좋았다. 얇고 보얀 낱장들이 악기가 연주되듯 한 장 한 장 펼쳐지고 넘겨지는 모습이 좋았다. 지하철에서 종이책을 펼쳐 읽는 사람을 마주칠 때면 그 자세와 손짓에 눈길이 가곤 했다. 그들은 흰 새를 다루는 사람들 같다. 흰 악기를 다루는 악공을 닮았다. 종이책에는 흔적이 새겨진다. 그게 그렇게 몸을 닮아가는

---

*   노벨상 수상 강연, 〈다정한 서술자The Tender Narrator〉.

사물이라는 게 좋았다. 언제 또 달라질지 몰랐지만 올해까지는 그랬다.

살아 있다는 건 모르던 앞날을 계속 알아나갈 수 있다는 것. 달리는 기차 창밖으로 보이는 풍경, 그 뒤의 풍경을 시간의 흐름 속에서 기다릴 수 있다는 것.

살아 있다는 사실이 물크러지는 동안 촘촘하게 기쁨을 느끼고 싶었다. 촘촘한 환희, 되새기고 싶은 환희, 그리고 계절 뒤에 찾아오는 계절. 밤 10시가 가까워지면 엷은 잠이 밀려든다. 밤이 지나면 아침이 온다. 살아 있다는 건 아침을 기다리는 일이었다. 내가 써내려가는 문장, 그 뒤의 문장을 기다리듯이.

그토록 뜨거운 여름이 직전까지 머물렀는데 어떻게 이토록 틀림없는 가을이 찾아올 수 있지?

읽던 책을 쓴 이에게 단풍이 들 때쯤 찾아가겠다고 약속의 말을 건넸다. 지키고 싶은 약속들이 많은 계절, 그다음의 계절이 찾아오고 있었다. 실마리들이 씨실과 날실이 되어 계절을 짜내려가고 있었다.

어쩌면 실마리란 이런 기억. 기차를 타는 일에 대해 쓰기 시작한 뒤 나는 유독 내가 신학을 공부했다는 사실을 사람들에게 새로이 말하곤 했다. 나는 어느 종교의 신도인 적 없었지만 대학 때의 공부를 여전히 아낀다. 거기에는 비밀을 암시하는 듯한 말들이 있다. 거울, 물, 별, 암송, 계시, 오랫동안 되풀이되는 서로 닮은 이야기들, 기도들.

내 가슴의 돌멩이에 대해 알고 난 한 친구가 신이 있다고 생각하느냐고 물었다.

내 답은 10년 전과 같았고, 전보다 더 오롯했다. 믿음이라는 말은 아름답다. 나는 예술은 기도라고 했던 타르콥스키의 믿음이 좋았다. 기도가 되는 예술이란 아름다움을 향한 염원. 여기 내게는 그런 인연들이 실타래처럼 감겨 있다.

겨울 여행에서 돌아온 내가 병을 진단받기 직전 타르콥스키에 대한 영화를 함께 보았던 정원, 온 우주가 나를 살게 하고 싶어 하는 듯하다 말했던 희정, 나를 오래 안아주고 아픈 두 몸이 오래 포옹한 시간이라 쓴 전주의

지승, 내가 병을 알게 된 바로 그때 미술평론을 썼다는
사실을 전해 듣고, 신비롭고 아름다운 일이라 기억될
거라 말해준 혜진, "영건이 하는 건 어쩌면 퍼포먼스네"
그렇게 말해준 혜진이 보내주던 교정지들, 그 책의
표지에도, 내 옷에도 그림을 그려준 성혜, 그 책의 해설을
붙잡고서 조금만 더 시간을 달라 청하던, 하이디 부허의
전시 속을 거닐며 옷에 구멍을 내야 비로소 편히 입을 수
있어 했다는 할머니의 이야기를 들려준, 이브 세즈윅과
회복적 읽기reparative reading에 대해 말하던 경희, 싱싱한
파프리카를 안겨준 혜미, 스케치북을 선물해준 명신,
향기로운 분홍을 준 나은, 봄의 첫 딸기와 치료받는 동안
입을 옷을 보내준 다혜. 그 밖에도 많은 이름이 있었다.

　　이 기도 속에선 모든 이름이 편지처럼 들려온다.
영롱한 편지들, 별자리들, 목소리들.

　　몇 달에 걸쳐 나는 기차를 타고 병원과 집을 오갔다.
한 달에 여러 번 예약이 있었다. 한 달에 한 번 소설 쓰는
이들을 만나 수업을 했고, 아침마다 조금씩 일기를 썼다.

어디에나 그림을 그렸다. 책에, 편지가 될 노트의 한 쪽에,
선물 받은 스케치북에 낙서와 그림과 일기를 남겼다.
시절은 계속되고 있었다. 여러 곳으로 짧은 기차 여행을
다녀왔고, 그렇게 다시 초여름이 다가왔다. 언젠가 기차의
창문에 드는 햇빛을 그리고 싶었다.

　4월, 사촌 동생이 생일 선물로 필름 카메라를 주었다.
그 카메라를 아침에 눈을 뜨면 처음으로 마주하는
맞은편 선반에 두었다. 아끼는 것들을 둔 자리다. 키키
스미스에게 선물로 받은 호랑이와 나비가 그려진
판화 원화, 오래전 어느 숲에서 훔쳐 온 둥근 돌 두 개,
장욱진의 먹그림 화집,《키키 스미스 — 자유 낙하》, 뜨개
인형, 쓰다 만 옛날 일기장, 색연필……. 그런 것들 곁에
선물 받은 필름 카메라가 놓였다. 그걸 볼 때면 가끔
뱀딸기와 자리공이 떠올랐다. 어둑한 해 저물 녘의 숲과
논과 밭, 집으로 돌아오던 그 길목, 그 길이 보이던 다락,
그 너머에는 가본 적 없는 은빛 호수.

한번은 서로 만난 적 없는 먼 곳의 친구가 내게
책들과 엽서 한 장을 보내주었다. 할머니 아녜스 바르다가
그려진, 〈아녜스 바르다의 해변〉 포스터 엽서였다.
바르다는 라이프 가드가 앉는 높은 의자에 앉아 바다를
바라보고 있다. 사실 그건 라이프 가드의 의자가 아닌
영화 감독의 의자다. 가드의 의자처럼 키가 커져 높은
곳에서 멀리까지 볼 수 있게 됐을 뿐이다. 의자 다리
하나는 바닷물에 닿아 있었고, 바다는 찰랑거렸다.

마침 우연히 나는 선물 받은 엽서의 그 〈아녜스
바르다의 해변〉을 본 참이었다.

첫 장면은 해변을 뒷걸음질로 걷는 아녜스 바르다.
그녀가 맡은 역할은 스스로가 되는 것. 하염없이 근사한
필름이다. 해변에서 곡예사들이 날아오르고 낙하하고
서로를 내던지고 붙든다. 바르다가 거대한 고래의 배
속으로 들어간다. 색색의 천들을 겹쳐 만든 고래의 안쪽,
그녀는 거기서 그 고래 배 속만큼이나 알록달록한 옷을
입고 부채를 부친다. 이 장면에서는 두 종류의 바람이
나온다. 고래가 막아준 바람. 그녀가 부채로 일으키는

바람. 그리고 바르다의 발끝엔 연두색 장미가 매달려
피어 있다. 바르다는 바슐라르에 대해, 고래 배 속에 살다
마지못해 나온 요나에 대해 말한다. 그 이야기를 이해할
수 없던 시절을 지나 이제 자신에게 직접 고래의 배 속에
누워보는 시간이 찾아왔음을 말한다.

"해보니 아늑하네요."

나는 발끝에 연두색 장미를 피워내는 사람이 되고
싶었다. 나는 내 운명을 살 거야. 그 아름다움에 닿아 있을
거야. 어떤 날에는 그게 또렷해졌다.

봄과 여름에 걸쳐 엄마는 뜰에서 양귀비와
수레국화를 꺾어 화병에 가득 꽂았다. 한 주가 더 지나자
화병에는 모란이 함께 담겼다. 햇빛이 부엌 창에 환하게
들어찰 때면 꽃들이 반투명해졌다. 빨갛고 푸른 꽃들
곁에서 나는 커피를 마시고 책을 읽고 그림일기를 그리고
글을 썼다. 밤 10시가 되면 가족들, 이미 졸려 하는
오이와 2층 계단 끝에 앉아 나를 기다리는 시루떡에게 잘
자라는 인사를 건넸다.

오래전 두 번 다시 글을 쓰지 말아야겠다고
결심했었다. 그때는 쓰고 싶은 게 더는 아무것도 없는
듯싶었다. 그러다 기차를 타고 돌아오고, 돌아오고,
돌아오기를 거듭하던 어느 날엔가 그 슬픔이 가셨다.
내가 바라던 곳으로 돌아왔다는 게 느껴졌다.

그때도 뜰에는 나비들이 왔을 것이다. 지금도 뜰에는
희고 노란 나비들이 찾아온다.

여기에는 이미 이야기가 있었다. 내가 원하지
않는다고 생각했지만 사실은 간절히 원하고 있던
이야기. 나는 내가 그 이야기를 갖고 있다는 걸 알았다.
그건 대학을 가기 위해 집을 떠나면서, 그리고 다시
돌아오면서, 또 오래전 다락이 있는 시골 이층집을
떠나면서 내가 갖고 싶어 했던 내 이야기였다. 달아나고
돌아오는 나의 이야기.

흠결 없이 결백하기를 고집한 순간도 있었다.
이를테면 사랑. 나는 거기 아무런 흠도 내지 않아야
한다고 생각했다. 그러나 계속 살아가기로 한다는
건 더는 그렇게 생각하지 않기로 하는 일이었다.

나는 흠투성이의 얼룩덜룩하고 닳아 헤진 사랑 속을
살아가기로 결심했다. 더는 이 페이지를 찢어내지 않아도
괜찮았다.

비밀의 마을 Secret Village

비밀이라는 말을 싫어하지 않는다. 아직까지는
치명적으로 유독한 비밀에 침범당한 적이 없는 덕분일
테다. 내게 비밀이라는 말은 여전히, 고심 어린 풀이
끝에 다다를 수 있는 보물을 암시하는 것만 같다. 예술을
좋아하는 건 그래서이기도 하다. 뛰어난 작품은 하나의
아름다운 비밀이다. 그는 비밀스럽게 여닫히는 그만의
시공을 간직한다. 뛰어난 작업자가 된다는 건 그런
시공을 여닫는 이가 된다는 걸 뜻할 것이다. 얼마나
괴롭든 얼마나 환희에 차든 기필코 그렇게 할 수 있는
사람이다. 그런 작업은 교차성의 매개가 되어 나와 나를,
사람과 사람을, 사람이라 불리지 않는 것과 사람을,

세계와 세계를, 때로는 망실된 기억과 지금을 잇는다.
내겐 앞날을 이어주기도 했다.

　큰 병에 걸렸을 거라는 걸 처음 들었던 그날,
병원에서 나온 나는 휘청이며 카페로 걸어가 양파수프와
프렌치토스트를 먹었다. 그 카페의 진한 초록색
페인트칠이 된 벽과 계산대 근처의 식물들이 기억에 남아
있다. 햇살이 잘 드는 창가에서 나는 통화를 하며 짧지도
길지도 않은 동안 울었다. 울음을 그친 뒤엔 원래 그날의
계획대로 국립현대미술관 덕수궁관에 〈가장 진지한 고백:
장욱진 회고전〉을 보러 갔다.

　덕수궁관의 사각형 복도를 서성이는 관객들을
지나, 전시실들 안으로 들어설 때 휘청거리는 어둠이
시계를 점령했다. 그림들 곁에 쓰인 제목들 사이에서
유독 '기도'라는 말이 눈에 들어왔다. 기도하는
사람, 기도라는 말 한마디만을 자기 제목으로 삼은
그림, 기도, 내가 하고 있는 기도. '예술은 기도'라던
타르콥스키의 말과 장욱진의 그림에 깃든 기도들이 함께
일렁거렸다. 술렁거리며 울음 직전에서 일그러졌다가,

기이한 환희 같은 걸로 치밀어 올랐다가, 몽롱하고
멍해졌다. 거기 내가 열고 들어서야 할 수수께끼가 있는
것처럼 느껴졌다. 산다는 게 어떤 건지 더는 모르기가
어려워졌다는 기분이 들었다. 죽는 일과 사는 일 사이에
내가 있었다. 나는 거대한 암시의 일부였다.

그렇지, 장욱진의 그림을 보는 중이었다. 푸름이
있었고, 기도하는 사람 곁의 푸름이 더없이 맑고
청명했다. 하늘에 떠올라 길게 구부러져 누워 있는
사람과 그 곁의 옥빛. 나는 일부러 실제 그림을 찾아보지
않고서 그림 속 장면에 대해 썼다.

기억에 남아 있는, 실제와는 다를 그림. 그건
그림이자 환상이다. 내가 가진 어떤 귀중한 실마리다.
거대한 비밀, 그러니까 나에 대한 실마리일 것이다. 나에
대한 실마리라고 일컫는 건 끝내 나를 이루는 세상에
대한 실마리라고 쓰는 일이어야 마땅하다. 그때 내가 본
건 내가 지닌 죽음에 대한 정념일 수도 있고, 아니면 기도,
살아 있음에 대한 정념일 수도 있다. 실제로 본 그림에
대한 흐릿한 기억일 수도 있다.

　무언가를 만나기 위해 예술의 자리에 간다. 그 자리는
멀리에, 몹시 가까이에 있다.

　겨울이 오기 전 여러 계획을 세웠다. 익산(우리의
동네)과 춘포(우리의 봄개나루), 군산, 서울, 샌프란시스코
(내가 치료 직전 다녀온 여행지), 시드니(내가 표준 치료
뒤 처음 멀리 다녀온 여행지), 파리를 연결하는 편지를
르물랑의 유진과 주고받으며 모으기 시작했다. 친구
성혜와 서울에서 작은 전시이자 워크숍인 동시에
겨울 파티이기도 한 무언가를 열기로 했고, 예술 출판
모임에서 만난 분들과 이듬해의 전시 계획을 궁리했다.
군산 '마리서사'에서 한강 작가의 시집《서랍에 저녁을
넣어 두었다》를 구입하며 사장님과 어쩌면 군산에
작업실을 구할지도 모르겠다는 얘길 주고받았다.
시드니의 친구가 한국으로 돌아오게 된다면 함께 군산에
작업실을 구할 생각이었다. 거기서 근사한 것들을
수집하고 싶었다.

　시집을 산 날 오후 오이는 낙엽이 깔린 군산

월명공원을 뛰어서 오르내렸다. 열 살이 넘어 눈썹이
하얗게 센 오이. 사랑하는 내 개. 사랑을 듬뿍 받은 내
개와 사랑을 듬뿍 받은 내가 같이 헉헉거리면서 산을
달렸다. 잘 마른 낙엽을 밟는 개의 발걸음 소리란 얼마나
듣기 좋은지.

　이 기억에 대해 쓰고 있는 11월 27일 수요일, 나는
시드니의 피자 가게 '마키아토Macciato'에 앉아 있다. 주변은
무척이나 소란스럽다. 나는 11월 25일 밤 비행기에 올라
26일 아침 시드니 국제공항에 내렸다. 나의 옆자리엔
나처럼 혼자 온 젊은 남자 손님이 앉아 있다. 그는 혼자
먹기엔 다소 커다란 립스테이크를 시켰고 나는 혼자
먹기엔 다소 커다란 비건 피자 한 판을 시켰다. 피자
가게인데 이름이 마키아토인 이유는 커피도 함께 팔기
때문인 듯했다.

　어제는 친구와 함께 시드니 키리빌리의 바닷가
공원에 갔었다. 공원에서 그네를 타는 동안 어마어마하게
기분 좋은 햇볕이 내게로 흘러들었다. 이런 기분 좋은

볕을 몸에 늘 두를 수 있다면 좋을 텐데. 볕이란 말은
별을 닮았다. 나는 공원에서 그네를 타고, 피크닉
매트에 앉아 그림을 그리고, 그다음엔 친구의 차를
타고 저녁노을이 내리깔리는 도로를 한참 달렸다. 아직
자카란다가 지지 않은 산길이 오렌지빛과 푸른빛 노을로
물들었다. 친구와 둘이서 블루마운틴의 바위에 누웠다.
하늘이 캄캄하게 저물기를 기다려 별을 보았다. 온
하늘이 점점 별들로 가득해졌다. 자꾸만 별들이 움직이는
듯 보였다. 정말로 움직인 걸까. 위성이었을까. 그렇게나
많은 위성이 있다니, 믿기지가 않아. 움직이든 그렇지
않든 별들은 하염없이 반짝거렸다.

그토록 아득히 반짝거리는 걸 겪을 때면 살아 있다는
사실이 투명하게 느껴졌다. 이 투명함은, 이 순간이
겪었거나 겪지 않은 모든 순간에 녹아들고 있다는
의미일 것이다. 연결의 실마리를 어디서부터 찾아야
할지 그걸 스스로 더듬으려 한다면 나를 서사로 삼아
줄거리를 거슬러 올라야 한다. 기차에 올라 또 한 번
이곳으로 와서…… 이날 이 치료를 하게 되어서…… 나의

오랜 병을 알게 되면서…… 샌프란시스코에서 집으로
돌아오기를 무릅써서…… 기차를 타고 지낸 것에 대해
쓰게 되면서…… 개와 고양이들을 돌보면서…… 토마스
아퀴나스에게 이름을 붙여서…… 극이 오르기 전의
무대를 바라보곤 해서…… 대학에 가며 집을 떠나서……
자두나무를 등져서…… 언젠가 모든 걸 쓰겠다고
마음먹어서… 먼 옛날 그렇게나 검붉던 자리공을 툭
터뜨려서…… 그동안 나는 사랑에 메여 있으면서도 그걸
견디지 못했다. 많은 첫 페이지들을 찢어냈다. 달아나는
일은 계속 일어날 것이다. 그렇지만 나는 돌아오는 일에
대해, 돌아와 살아가는 일에 대해 생각하고 있었다.

"영건이 행복해요?"

바닷가 공원에서 그네를 타는 동안 친구가 물었다.
나는 고개를 끄덕였다.

"무지 행복해 보인다."

친구가 웃음을 터뜨렸다.

무언가를 만나기 위해 여행을 떠나곤 한다. 달아나기
위해서 떠난다고 느꼈던 어느 어리고 여린 하루들도

이제는 까마득해져가고 있었다. 다시는 글을 쓰지 않겠다고 다짐했던 어떤 날들도 그랬다. 무언가를 떠나보내기 위해 글을 쓴다.

여기까지 쓰는 내내 피자 가게는 무척이나 소란스러웠다. 이 순간이 그리워질 거란 예감이 들었다. 모두가 알고 있을 예감이었다. 그런 예감에 대해 말할 때면 요즘 떠오르는 시 한 편이 있다. 엄밀히는 시가 아니라 목소리, 내게 시보다 더 좋은 것이다. 군산의 서점에서 함께 산 《서랍에 저녁을 넣어 두었다》의 맨 첫 장에 실린 시를 읽어주는 엄마의 낭랑한 목소리.

육십대가 되어 시간의 흐름이 스몄지만 여전히 맑고 또랑또랑한 음색. 엄마의 목소리는 깨끗하고 정갈하다. 그녀가 꼴 보기 싫어지는 날에는 그 별빛 같은 목소리마저 미워질 정도로 그렇다.

늦가을, 엄마는 아침이면 종종 그 시집의 시 한 편을 소리 내어 읽어주었다. 내겐 아니고 아빠에게 그랬다. 원래부터 엄마는 가끔 무언가를 소리 내서 읽어주곤 했었다. 프루스트의 소설 한 구절이기도, 어디선가 보고 메모해둔 건강 습관 몇 줄이기도 했다. 나는 지구 반대편에서 엄마가 시를 읽어주던 그 아침을 떠올린다. 지금 이 순간도 무언가가 영원히 지나가고 있다는 말로 맺어지는 시. 그 행을 소리 내 읽는, 나를 길러낸 목소리.

이런 걸 쓰고 나면 여지없이 사랑에 대해서 쓴 기분이 든다. 이전과 달리 나는 슬픔에 대해 쓴 것이기도 하다는 뒤이은 생각에 사로잡히고 싶지 않다. 대신 한참 죽치고 앉아 있던 이 피자 가게를 떠날 생각이다. 그전에 남은 커피를 다 마셔야 한다. 뜨겁고 과일 향 짙은 커피. 에어컨 탓에 무릎이 얼어붙은 채다. 거리로 나가 낯선 공원으로 가서 볕을 쬐고 싶었다.

한참 걸으며 키 큰 나무들 사이로 흔들리는 한여름의 크리스마스 장식들을 구경했다. 어릴 적 남반구의 겨울에 대해 처음 들었을 때가 떠올랐다. 나는 봄이 오면 기분이 좋아져서 초여름까지 내내 그렇다가 가을에 가라앉기 시작해 겨울이면 봄을 기다리는 편이다. 어릴 때부터 해가 저물어 깜깜해지는 걸 무서워했었다.

어느 어린 날, 지구 반대편 먼 나라에는 겨울에도
여름이 머물러 있다는 말에 설레어 여름의 크리스마스를
상상했었다. 언젠가 거기에서 12월을 맞이하고 싶었다.
그건 어렴풋한 소망이었지 다짐이나 결심은 아니었다.
설렘을 다짐으로 연결시키면, 어쩐지 이루어지지 않을
것 같았다. 그래서 상상은 풍성하지도 또렷하지도
않았다. 지금 나는 거기에 막 싹이 튼 두려움과 아쉬움이
있었다는 걸 안다. 그런 것들마저 소망의 귀중한
일부라는 걸 안다.

어린 내가 상상하지 못했던 건 내가 풍경을 보면서
한국 최초 노벨문학상 수상자의 시집과 시를, 그걸
읽는 낭랑한 엄마의 목소리를, 또 내가 답장하지
못한 메일들을, 수정해야 하는 어떤 문장들을 떠올릴
거란 사실이었다. 새로 산 팔레트 통에 붓 대신 어제
들른 레스토랑에서 몰래 남겨 담아 온 견과류가 들어
있다는 사실도, 그걸 깜빡 잊고 있다가 뒤늦게 떠올릴
거란 사실도 전혀 상상하지 못했다. 모든 게 상상보다
근사했다. 모든 게 소중하다는 말로는 사랑의 전부를

그려낼 수 없을 것이다. 어쩐지 그마저도 담담하게
마주할 수 있었다.

나는 여전히 소망을 다짐으로 연결시키는 데 서툴다.
간절하면 이루어지지 않을 듯해서일까. 그래서만은
아니다. 나는 재미있는 소망을 늘리는 데 더 마음을
기울이고 있다.

어떤 예쁜 일을 바라게 된다는 건 세상에 그럴 만한
즐거움이 존재한다는 뜻이다. 그 사실을 온몸과 마음으로
믿고자 하는 일이다. 까마득한 밤에도 그 믿음을
더듬으려 하는 습관이다. 우리는 우리를 그 믿음으로
이끌 수 있다. 나는 그런 식으로 세상을 바라보는 데 더
마음을 기울이고 싶다. 그런 소망이 볕처럼 흘러들었다.

트레인Train이라 불리는 열차들이 시드니의 거리를
가로지른다. 트레인을 기차라고 번역할 수 있겠지만
꼭 들어맞지는 않는 것 같다. 한국어에서 기차는 더 먼
거리를 오가는 열차에게 어울리는 호칭 같다. 한편으로
나는 트레인에 몸을 실을 때마다 이 기차 역시 나를
집으로 데려가는 중이라고 느낀다. 결국은 모든 것이

나를 그곳으로 데려간다. 그곳은 집이라고 불리는 기억의
교차로, 나의 전부다. 나는 번번이 거기에 있다.

시드니의 트레인 정거장 중엔 '여름 언덕^Summer
Hill'역이 있다. 구글 지도를 보다가 내가 지나가게 될
선로에 '녹색 광장^Green Square'역이 있는 걸 보았다. 여름
언덕과 녹색 광장. 아직 잘 모르는 기차역의 이름들을
보다 보면 습관처럼 '용산^Dragon Mountain'이라는 이름이
떠올랐다. 외국인들이 보면 그 이름도 퍽 인상적일 거란
생각이 들었다. 용산은 용이 사는 산이라는 뜻. 커다란
역사 바로 옆에는 그 이름을 딴 '드래곤 스파'가 있다.
누군가 용산이라는 이름엔 정말 그에 걸맞는 설화가
있다고 했었다. 용이 사는 산이 그 근처에 있어 용산이란
이름을 갖게 되었단 얘기였다. 그는 내가 '용산'이란
이름이 영어로 '드래곤 마운틴'인 게 재밌다고 하자 그
자리에서 여러 가질 검색해보더니 그 설화를 찾아냈다.
수년이 지난 지금까지도, 나는 그 설화를 검색해본 적이
없다. 이따금 이렇게 아름다운 이름의 기차역들을 볼

때면 용산을 떠올릴 따름이다. 그리고 잇따라 익산과
군산을 떠올린다.

'군산群山'이 잇닿은 많은 산이란 뜻이라면
'익산益山'은 산을 더할 필요가 있다는 뜻이다. 산세가
없으니 산이 좀더 있으면 좋겠다는, 꽤나 멋없고 헛헛한
의미를 지녔다. 익산 이전의 지명인 '이리裡里'는 조금
다르다. 이리는 감춰진 땅이란 뜻이다. 만경강 억새밭
속에 숨겨진 듯 작은 마을이 있어 그걸 속에 있다는 뜻의
'속리'라 부르다가 이리라고 고쳐 불렀다 한다.

숨겨진 마을, 어딘가 안쪽에 있는 마을. '이리' 말고
'솜리'라는 이름도 있다. 솜이 많이 나는 고장이라는
뜻이라고 한다. 이 보드라운 이름은 익산시 상점들의
상호 중에서 여전히 어렵지 않게 찾아볼 수 있다. 그런데
실은 '솜리'도 목화 솜이 아니라 감춰진 곳이란 뜻과
연결된다. 감춰진 것, 이면裏面의 것을 뜻하는 '속 리裏'가
'속', '솝', '솜'이라는 말의 근간을 이루었고, '솜리'는
솜이 아니라 이런 말들에서 비롯된 지명이다. 1527년
펴내진 최세진의《훈몽자회》에 따르면 '솜리'라는 땅은

순우리말로 ‘숍리’라 쓰였으며 발음은 ‘솜리’라 읽었다
한다.

　이토록 안쪽, 안쪽, 안쪽으로 불리운 땅의 이름을
다른 말로 옮긴다면 뭐라 해야 할까. 혼자서는 붙이기가
멋쩍어 챗지피티에게 물어보니 ‘Hidden Village’가
어떠냐고 추천해주었다. 숨겨진 마을……. 누군가에
의해 타의로 숨겨진 마을이기보다는 자생력을 지닌
은밀함이고 싶었다. 나는 챗지피티에게 ‘Secret Village’는
어떠냐고 물었다. 그도 좋다고 했다. 비밀의 마을. 거기
내게 사랑을 떠나지 않고 싶다는 마음을 갖게 한 모든
비밀이 있었다. 몹시도 평범한, 깊은 사랑의 비밀. 이
마을의 역사에는 몇 차례고 슬프고 흉폭한 기억들이
얽혀들었을 것이다. 그런데도 나는 여전히 여기서 끈질긴
사랑의 비밀을 읽어내고 있다.

　‘비밀의 마을.’ 크리스마스를 앞둔 한여름의
시드니에서 ‘여름 언덕’을 지나고서, 나는 이런 것을 글로
쓴다. 나라는 조각 하나가 여러 기차역을 꿰는 실처럼
움직인다. 한편으론 결국 또 비밀이다. 여태껏 글을 써온

끝에 내 손에 빛나는 돌처럼 쥐어진 게 다시 그 말이라는
사실에 웃음이 난다.

비밀, 안쪽의 마을, 사랑의 내밀함, 나의 은밀한
것. 그 말에 다다르니 이 글의 궤적을 요약하기가 더
요원해진다. 이 책을 쓰기로 결심하던 때도 그랬다. 모든
기억이 쏟아져 나와 무엇이 내 진실의 씨실과 날실이 될
수 있을지 가늠하기 어려웠다.

내게 진실은 하나의 날카로움이 아닌 여럿의 여림과
무딤이다. 어느 부분은 턱없이 느슨하고 어느 부분은
끊어질 듯 팽팽하다. 슬픔에 베이면 슬픔이 흐르고
기쁨에 몸을 뉘이면 아늑해진다.

이 책을 시작하고부터 내게 일어난 모든 일은 한여름
밤의 폭죽 같았다. 눈이 부셔 무슨 표정을 지어야 할지
알 수 없는 순간으로 가득했다. 누구든 쓰기 시작한
이는 글을 가질 수 있다. 우리가 가질 수 있는 가장
영롱한 것은 글이자 글을 쓰는 시간이다. 어느 날 나는
사랑에게로 돌아가기로 결심했다. 달아나고 돌아오며,
사랑을 감싸는 환한 모습들이 되기로 했다. '여름 언덕'을

지나고 '녹색 광장'을 지나 '용이 사는 산'을 넘어 '비밀의 마을'에 다다를 것이다. 그러고 다시 다른 이름들이 나를 기다릴 테였다. 사랑을 따라 산다는 건 평생 모험한다는 뜻이다. "This train will stop at Central." 중앙역에 다다랐다. 내릴 차례였다.

시드니를 떠나기 전날, 바다 수영을 하러 갔다. 1년 전부터 운전대를 잡은 친구가 도심을 좌충우돌 헤매다가 깔깔대며 바닷가에 도착했다. 무시무시하게 비싼 시드니 주차 요금을 피해 운 좋게 길가 빈자리에 차를 댔다.

일요일이었고, 토요일까지 내리던 비가 개어 하늘과 바다가 햇빛에 반짝거렸다. 나는 태어나서 처음으로 비키니를 입은 채였다. 에메랄드빛 바다에서 몸이 둥둥 떠올랐다. 여름의 크리스마스가 온몸에 투명히 포개어졌다. 새파랗고 오렌지빛인 여름이자 바닐라색과 빨간색 크로셰, 뜨거운 커피로 이루어진 여름이었다. 크로셰가 등장하는 이유는 내 바닐라색 수영복과 빨간색 산타클로스 모자가 모두 크로셰 뜨개질로 만들어진 것들이어서다. 젖은 리본에서 물방울을 흘리며 해변

근처에서 아사이 베리를 먹다가 베이스볼 캡을 거꾸로
쓴 큐트 라티노 보이에게 "Can I ask your number?"를
겪었다. (나보다 어릴 거 같았다.) 그 전날에는 트레인에서
어느 화가가 내가 무척 근사해 그림으로 그리고 싶다며
사진을 찍어도 되겠느냐고 물어보았다. (Merry Christmas
everyone!) 만약에 내가 죽어 있다면 이런 일은 겪지
않았겠지. 살아 있으니까 어린 날의 상상이 이렇게나
또렷하게 실체를 지니게 되는 거겠지.

물론 장담할 수는 없다. 저승에 뭐가 있는지는
아무도 알 수 없다. 희미하게, 아마도 어떤 부드럽고
환한 빛 또는 어둠으로 퐁, 번져들어갈 듯한 느낌은 있다.
아니면 빛이나 어둠이 아니라 에메랄드빛 물결일 수도
있을 것이다. 바다의 물결. 햇빛이 찰랑이는, 유령의
몸으로도 코코넛처럼 피부가 그을릴 수 있는, 그런
물결…….

죽어서 어떠하든지 간에, 지금 나는 살아 있는
순간에 대해 쓰지 않을 수 없다. 시드니에 비가 주룩주룩
내리던 어느 밤엔가 집과 개와 고양이가 나오는 꿈을

꿨다. 내 침대에서 책을 읽고 있는 꿈이기도 했던 것
같다. 꿈의 내용은 잘 기억나지 않지만 나의 매듭들이
느껴졌다. 그건 나라고 불리기도, 사랑이라고 불리기도,
마음이라고 불리기도 하는 매듭들이었다.

　고대 잉카 문명의 사람들은 긴 끈에 매듭을 지어
기록을 남겼다고 한다. 그 시공에서 매듭을 짓는 일과
기록을 남기는 일이 서로 같은 의미를 지녔다. 어원
체계는 다르지만 글, 텍스트라는 말의 기원에는 직물,
엮인 것이라는 뜻의 라틴어 텍스텀Textum이 존재한다.
기록의 근원에 자리한 감각은 서로 다른 세계에서도
이렇게 밀접히 닮아 있다. 실은 마침 시드니 자연사
박물관에서 열리고 있던 마추픽추 전시에서 잉카인들의
매듭을 보았다. 투명한 거인의 목에 걸린 목걸이처럼,
태양을 그릴 때 으레 그리는 그림처럼, 매듭진 긴 실들이
반원 모양으로 펼쳐져 있었다. 매듭 같은 글을 쓸 수
있다면, 매듭지어져야 하는 날들을 위해 글을 쓸 수
있다면⋯⋯. 그런 쓰기를 시작할 수 있다면 좋겠다고
막연히 바라왔다. 그리고 지금 나는 내게 그런 글이

있다는 걸 알았다. 이 문장이 내가 짓고 있는 매듭이 될
거란 믿음이 들었다.

　까마득히 오래전 어느 날 누군가가 누군가로부터
매듭짓는 법을 배웠을 것이다. 지금 이 순간 나도
누군가로부터, 그리고 나로부터 매듭짓는 법을 배우고
있다. 그 매듭은 글자들로 이루어져 있다. 문장들, 발음들,
스치고 지나가는 말의 인상, 맑거나 탁한 음성들로
이루어져 있다.

　매듭의 의미는 이런 것에 가깝다.

　'사랑을 하고 있기 때문에 조금 슬프지만 잘 웃고
상냥하며 행복한 사람, 그런 이로 살고 싶다. 살아 있듯이
살아가고 싶다. 사랑의 온갖 빛깔 가운데서 달아나고
돌아오길 되풀이하며 살아 있고, 살아 있고, 살아 있고
싶다.'

　또는 이런 의미에 가깝다.

　'나는 비행기에서 우리 아래의 구름을 바라보는
중이다. 올가 토카르추크는 집으로 돌아갈 수 없거나
집을 영영 잃어버린 사람들이 늘어가는 이 시절에

여행에 대해 쓰는 데 회의적이 되었다고 말했다.
여행에 대해 떠올리려 할 때 가장 먼저 떠오르는 문장은
그것이다. 나는 그런 말을 떠올리며 여행 가운데서
집으로 돌아가고 있다. 한국에는 첫눈이 내렸다고 한다.'

한차례 누군가를 인용했으니 다시 한번 인용에
기대어볼 수도 있다. 클라리시 리스펙토르 풍으로
해독한다면 의미는 이런 식이 될 수도 있을 듯하다.
'나는 죽음 속에서도 살아 있음이다. 영원한 생명.'
아니면 사포 또는 차학경의 목소리에 대한 직접 인용.

"살보다 벌거벗고, 뼈보다 강하며, 힘줄보다 탄력 있고,
신경보다 섬세한 이야기를 내가 쓸 수 있다면."(비행기에서
흐리게 떠올렸던 이 문장들을 집으로 돌아와 옮겨 적는다.
차학경의 영문판《Dictee》에 실린 것을《키키 스미스 — 자유
낙하》의 원고에 인용하기 위해 번역했던 구절.)*

시드니 대학교 앞 거리에는 '북카페 사포Book cafe
Sappho'가 있다. 거기서 커피를 마셔도 좋을 뻔했지만

5시면 문을 닫는 미술관에 가야 해서 그럴 수 없었다.
다음에 다시 온다면 거기서 오트라테를 홀짝이며 대학가
힙스터들과 너드들을 곁눈질하고 싶었다.

……여기까지 쓰는 동안 나는 비행기에 올라 있다.
집으로 돌아가는 비행기다. 이 밀폐된 곳에서 내가 읽을
수 있는 건 다운로드해둔 클라리시 리스펙토르의《야생의
심장 가까이》와 무루(박서영) 작가의《이상하고 자유로운
할머니가 되고 싶어》그리고 내가 쓰고 있는 이 글뿐이다.
이 글을 더 들여다보고 고쳐야 할 구석을 샅샅이
찾아내는 건 어떨까.

그럴듯한 선택 같지만 그러고 싶지 않다. 내가 쓴 걸
보는 건 여기서 그치기로 한다. 그 대신 전자책을 펼친다.
《야생의 심장 가까이》의 전자책 판권면 발행일은 12월
25일 크리스마스. 다시 한번, 메리크리스마스, 모두들.

2024년 12월 1일은 시드니에서 열었다. 그러고는

---

*   최영건, 〈태어나고, 다시 태어나는 신의 내러티브〉,《키키 스미스—
     자유낙하》, 열화당, 2022, 267쪽.

겨울에서 여름으로 향해 다시 겨울에게로 돌아간다. 어린
꿈을 갖는 일, 무르익은 꿈을 여는 일, 혼자만의 꿈에
대해 쓰는 일, 살아 있음. 나는 살아 있음 속에서 비행기
좌석에 앉아 있다. 무릎을 굽히고 거기 노트북을 얹어
반짝거리는 키보드를 누르는 중이다.

그리고 이 글은 여기서 끝나지 않는다. 이 매듭을
짓는 손길은 반짝임만으로는 존재할 수 없다. 그렇다고
어둠도 아니다. 이 모두를 호흡하고 내뱉는 생생함이다.

집으로 돌아온 내가 맞이한 건, 하룻밤 사이
포고되었다가 해제된 대한민국의 계엄령이었다. 이제
나는 그 사실을 이 글에서 빠뜨릴 수 없다는 걸 안다.
어떤 시절에는 나에게 그런 바깥이 있다는 게 실감 나지
않았다.

내가 사는 비밀의 마을에도 계엄령의 영향은
어김없이 선뜩했다. 한편으로 그 황망한 소란 가운데서도
오이는 색색 코를 골며 잠들었고 시루떡은 여느 하루
같은 새벽 인사를 건네왔다. 방문을 열면 처음 보이는
벽, 오전의 볕이 은은히 드는 자리에 엄마의 그림이 걸려

있었다. 별들이 바다의 물고기들을 만나러 가는, 깨진
컵의 조각들로 지은 파랗고 반짝이는 그림.

그건 여느 때와 다름없는 풍경이었다. 내가 사랑하는
것들에는 끈질김이 있었다. 자생하며 끈질기게 하루를
여는 소망 같은 것이 있었다. 그걸 사랑이라고 불러본다.
그 사랑은 살아 있음, 살아 있음, 살아 있음이라 호소되는
모든 것이기도 했다. 내가 왜 이 글을 쓰기 시작했는지
떠올랐다. 나는 살아 있기 위해 글을 썼다. 나를 위해서,
사랑을 위해서, 어쩌면 내가 닿을 수 있을 이들을 위해서
이 글을 쓰기 시작했다. 글을 쓰다 내게 죽음이 얼굴을
내비쳤고, 내가 진심으로 나를 돌아볼 수 있어 모든
게 한층 또렷해졌다. 나는 나를 붙든 보이거나 보이지
않는 열차에 올라 수없이 달아나고 돌아왔다. 나는 나를
믿었다. 죽음을 기억해내며 내가 쓰는 것을 믿을 수
있었다.

그러니까 나는 우리가 더욱 사랑해야 한다고 쓰기
위해 이 글을 시작했던 셈이다. 사랑을 잃지 말아야
한다고. 사랑이라 불리는 살아 있음, 살아 있음, 살아

있음을. 그 끈질긴 다정, 부드럽고 굳센 환함을.

　계엄령과 탄핵에 대한 뉴스들 속에서 개와 고양이가
잠들었다. 어렵사리 잠이 들어 잠결에 손에 스치는
바닷물의 물결을 느꼈다. 지구 반대편 나라에는 한여름이
이어졌다. 거기에도 죄지은 이들이 있었다. 거기에도
근사한 개와 고양이들이 있었다. 시드니 중앙역 앞에 서
있던 커다란 갈색 개가 누군가에게 컹컹, 컹컹컹 짖던
순간, 여름 바다의 물결, 차갑고 짠 에메랄드빛 물에 몸이
둥둥 떠오르던 감각이 떠올랐다. 그리고 샌프란시스코의
바다, 포기와 용기를 양손에 쥐어보게 만들었던⋯⋯.
　그때 샌프란시스코의 넘실대는 바닷물을 보면서,
나는 거기 풍덩 잠겨 돌아오지 않을 수도 있을 거라고
느꼈었다.
　삶은 참 무거워. 사랑이란 참 무거워.
　그리고 그 순간은 이제 지나갔다. 아니 아직은 거기
남아 있어 달라고 부탁한다면 거기 있어줄 것도 같다.
나는 그 기억을 하나의 매듭으로 삼고 싶다. 거창한

끝이나 시작까지는 아니고 다만 내게 남겨야 할 기록으로 삼고 싶다.

삶은 참 지저분해. 사랑이란 참 복잡해.

그리고 그걸 견디는 게 살아 있음의 눈부신 아름다움이었다. 달아나고, 돌아오며, 돌아오며, 끝내 돌아오며, 아름다운 이들이 세계를 살아내고 있었다. 아름다움을 따르는 용감한 사람들이 있었다. 계속 살아가기로 했으니 이제 그것에 대해 써야만 했다. 그 아름다움이 우리가 지켜야 하는 비밀, 슬픔의 이면이라는 것에 대해 써야 했다. 슬퍼하지 않는 이가 아니라 힘껏 슬퍼하는 이가 되어야 한다고 써야 했다.

힘껏 슬퍼하는 이만이 힘껏 사랑할 수 있다. 사랑하는 이들은 아름답다. 나는 아름다움을 염원한다. 그래서 이 모든 걸 견디기로 했다. 태어난 순간 시작된 여행을 계속해보기로 했다. 글을 쓰는 중이었다.

시드니에 도착한 첫날, 친구와 나는 별을 보러 갔다. 바로 그날 아침 하필 친구의 휴대전화가 고장 난

참이었다. 친구의 데이터 무제한 요금제가 무용지물이 된
것이다. 그런데 비행기에서 내린 뒤부터 내 휴대전화도
상태가 이상했다. 로밍이 잘되지 않는 듯하더니 구글
맵의 현재 위치마저 자꾸 빗나갔다. 집과 일터만 오가던
초보 운전자의 차에 내비게이션이 오작동하는 휴대전화
하나와 거의 켜지지 않는 휴대전화 하나 그리고 친구와
나. 블루마운틴으로 가던 길에 나는 예정에 없던 도심
드라이브를 하며 예정과 다른 경로에서 오페라 하우스와
하버 브리지를 보았다. 에어컨까지 갑자기 꺼졌다 켜지길
반복해 차창을 열었고, 기분 좋은 여름 바람이 불어
들어왔다.

　　우리는 그날 무척이나 많은 별을 보았다. 가이드가
인솔해 온 단체 관광객 두 팀 떠나보내고 단 둘이 남을
때까지 실컷 별을 보았다. 그러다 눈앞은커녕 자기
손발조차 보이지 않는 칠흑 같은 산속의 밤을 오들오들
떨며 빠져나왔다.

　　친구의 운전 실력은 내가 시드니를 떠나던 날까지도
썩 나아지지 않았다. 하지만 빈틈 없이 모든 게 즐거웠다.

우리는 에어컨이 꺼진 차에서 창문을 열고 노래를 부르며
연보랏빛 자카란다가 핀 산속 도로를 달렸다. 바다를
향해 도심을 빙빙 돌며 다리를 건너고, 열차를 구경하고,
지하도를 달리고, 다시 다리를 건넜다.

"우리 꼭 로드 무비에 출현한 거 같아. 우당탕탕
소란을 벌이다가 결국엔 해피엔딩을 맞는 거 있잖아."

〈엔칸토〉 주제가에 나오는 "허리케인 오브
자카란다"라는 가사를 따라 부르다가 나온 말이었다.

"그래 어쨌든 결국에 바다로 갈 거야. 이 길 끝에는
갈 거야. 걱정 마. 거의 다 왔어."

운전대를 잡은 친구가 돌려준 신음 같은 답이었다.
신음이기도 하고 웃음이기도 했다. 나는 깔깔 웃고 다시
콧노래를 불렀다. 우리는 그날 정말로 바다에 갔다.
한참 수영을 하고 따듯한 물로 샤워를 마칠 즈음 비가
쏟아지기 시작했다. 우리는 나란히 서서 환하던 바다가
세상을 집어삼킬 듯 뒤틀리고 용솟음치는 걸 지켜보았다.
잠시 물에 들어가는 게 금지되었다. 처마를 두들기는
빗방울 소리가 요란했다. 그러다 비가 그치고 다시 해가

나왔다. 물도 볕도 에메랄드빛과 금빛으로 영롱해졌다.

정말 좋은 때 그곳에 도착한 것이다. 나는 언제든 나를 품어줄 장면이 아니라 나를 내동댕이치고 부서뜨릴 장면도 두 눈으로 보고 싶었다. 가장 환하던 순간이 두렵게 변하고 그러다 기다림을 견디면 기다리던 무엇이 찾아오는 모습을 보고 싶었다. 찰랑찰랑, 우르르쾅쾅, 후드득후드득, 우드득우드득, 반짝반짝.

이 글은 내게서 출발했다. 그러다 이 글은 땅과 하늘을 따라, 선로와 항로를 따라 바다로 향했고 물결들과 만났고 이지러졌다. 잘 익은 자두처럼 향긋한 금빛으로 툭 터져 나갔다. 이지러지는 아름다운 것들에 대해 써야 해. 그게 내 꿈이었다. 거기 내가 떠나지 말아야 할 마음이 있었다. 나는 내가 할 수 있는 걸 해야 했다.

예를 들어 나는 끈질기게 이런 것에 대해 쓴다. 내가 나로 삼기로 한 이 이야기를 쓴다. 이를테면 이런 것.

나의 커다란 병을 치료하며 나는 서울에서 한낮의 작은 겨울 파티를 열었다. 이 파티를 소개하는 초대장을

이 책 마지막 장으로 삼으려 한다.

이지러지는 몸과 닮아갈 책을 위한 파티. 흠 없는 것이 아닌 흠과 흔적을 위한 파티. 내 책에 물감을 칠하고 그림과 낙서를 남기고 문장에 색색의 알록달록한 밑줄을 남기는 파티. 마음대로 재료와 간식을 가져올 수 있는 파티. 이 파티를 위해 나는 언제나처럼 익산역에서 기차에 올랐다.

파티를 계획한 주에 하룻밤 사이 계엄령이 선포되었다가 해제되었다. 함께 파티를 준비하던 친구가 갑작스러운 수술을 받았다. 파티에 오기로 한 친구 하나가 직전 주말 교통사고를 겪어 올 수 없게 되었다.

파티를 연 다음 날 나는 서울의 병원에 들렀다가 비밀의 마을로 돌아갔다. 비밀의 마을, 그게 내가 여기에 붙인 이름이다. 겨울빛이 스민 방에서 개와 고양이가 꼬리를 살랑이며 검고 금색인 눈들에 다정을 내비친다. 나의 비밀은 사랑, 살아 있음, 살아 있음, 살아 있음, 나는 오늘도 여기로 돌아오고 있었다.

작은 겨울 파티

빨갛고 아름다운 책을 함께 만든 친구들이 작은 겨울
파티를 열어요.

　책을 둘러싼 파티, 요람 같고 반창고 같은 덧조각
파티.

　우리와 우리의 몸, 교차되는 것들, 연결이 빚는
아름다운 통증, 연결통을 기록하는 조그만 파티.

　이 작고 환한 기억을 준비하며 우리는 '감싸는 일'에
대해 이야기했어요. 다시 한번 감싸는 일, 포개어지는 일,
얼룩덜룩 덧대어지는 일에 대해서요.

　영건은 기억을 감싸고 기억에 포개어지는 이야기를
쓴 사람. 친구는 영건이 쓴 이야기들이 책으로 엮일 때

그를 감싸안는 표지의 그림을 그린 사람.

두 사람이 함께한 책이 세상에 나올 준비를 하는
시간은 영건에게 큰 병을 치료하는 시간이기도 했습니다.
예술은 그런 순간 바라보는 아름다움을 부르는 이름
같아요. 우리는 다시 한번 기억을 감싸안으려 작은
덧조각 파티를 열어요.

영건은 기차를 타고 먼 곳과 먼 곳을 오가며 글을
쓰고 읽는 사람. 미로 같은 길목들을 헤매고 다니다 보면
가방 속의 책은 귀퉁이가 접히고 모서리가 닳아갔어요.
표지에 긁힌 자국이 남기도 했고요.

종이로 만든 책은 그렇게 우리의 몸을 닮아요.
종이에는 손길의 흔적이, 얼룩이 남곤 하지요. 때론
부러 흔적을 남기기도 해요. 메모를 하고 낙서를 그리고
밑줄을 긋죠.

흔적이 남은 책은 새것일 때보다 더욱 우리를
닮습니다. 우리의 몸처럼 여러 결과 겹의 시간을
덧입어요. 물결처럼, 파도처럼 우리에게 흘러들어오는

시절을 입어요. 바로 그런 걸 아껴주고 싶어서 우리는
책이 더욱 우리를 닮도록 만드는 작은 덧조각 파티를
열기로 했습니다.

놀러 오세요. 아늑한 데서 만나요. 이 아름다운 흠을
여기 새기기 위해, 우리는 오래전 아득히 먼 곳에서
이리로 향했답니다.

파티 '우리를 위한 덧조각 퇴고'는 우리를 닮을 수
있는 모든 것에 더 용감히 아름다운 흔적을 남기기 위해
마련된 자리입니다. 준비된 것들로 자유로이 흔적을
남길 거예요. 영건이 흔적을 더해 만든 덧조각 책도
함께합니다.

* 재료들

함께 준비한 다양한 재료들이 제공됩니다. 색색의
다양한 종이들, 물감, 색연필, 풀과 가위, 스티커들,
오려낼 수 있는 책들, 그밖의 여러 가지를 드려요. 책에
직접 표현하는 게 주저되는 분들을 위해 따로 스프링

제본용 종이도 준비하려 해요. 그밖에 원하는 재료가
있다면 직접 가져오시는 것도 가능합니다.

그리고 영건이 쓴 책들이 제공됩니다. 이 책은 흠
없이 남길 바라며 드리는 책이 아니에요. 함께 앉아서
작은 파티와 따스한 물결을 닮은 손길, 웃을 때 구겨지는
얼굴을 닮은 흔적을 남기고 싶어 드리는 재료이자 무늬,
캔버스입니다.

사랑으로 돌아가기

©최영건, 2025

초판 1쇄 발행 2025년 4월 23일

지은이 최영건

펴낸곳 ㈜안온북스 펴낸이 서효인·이정미
출판등록 2021년 1월 5일 제2021-000003호
주소 서울시 마포구 월드컵로14길 28 301호
전화 02-6941-1856(7) 홈페이지 www.anonbooks.net
인스타그램 @anonbooks_publishing
디자인 피포엘 제작 제이오

ISBN 979-11-92638-59-1 03810